WOLFGANG HOHLBEINS
SCHATTENCHRONIK

Band 7

WOLFGANG HOHLBEINS
SCHATTENCHRONIK

Alisha Bionda & Jörg Kleudgen

ZORN DES DRACHEN

BLITZ

BLITZ-Bücher werden nach der alten Rechtschreibung gesetzt.
Wir verwenden ausschließlich umweltfreundliches Papier.

Redaktion: Jörg Kaegelmann
Covergestaltung: Mark Freier (www.freierstein.de)
Illustration: Pat Hachfeld (www.dunkelkunst.de)
Lektorat: TTT, Mallorca
Satz: M. Freier, München
Druck und Bindung: Drogowiec, Polen

www.BLITZ-Verlag.de
ISBN 3-89840-357-2

Für M.

DUM SPIRO SPERO

A.B.

INHALT

WAS BISHER GESCHAH

Die Vampirin Dilara bringt immer mehr Licht in das Dunkel ihrer Vergangenheit und befreit sich von dem Einfluß des Fürsten der Nosferati, Antediluvian, der ihr durch den Kuß der Verdammnis ewiges Leben schenkte und einst von ihr verlangte, sich ein Schriftstück aus den Archiven des Vatikans anzueignen. Dieses offenbart, daß die Wiege der Nosferati auf vorsintflutliche Zeiten zurückgeht und daß einer alten Prophezeiung zufolge das Zeitalter der Zusammenkunft aller Nosferati unter der Herrschaft eines Blutgottes begonnen hat.
Als Gefährten gewinnt Dilara den jungen Buchhändler Calvin. Mit Hilfe der widerständlerischen Vampirgruppe *Cemeteries* unter Führung des blonden Vampirs Guardian nehmen sie den Kampf gegen Antediluvian auf.
Dieser hat andere Pläne. Dilaras Wissen um den aztekischen Sonnenstein ist der Schlüssel, den er zur Erweckung des Sonnengottes Tonatiuh benötigt. Nachts lockt Antediluvian die Vampirin in das British Museum, um an einer dort ausgestellten Mumie das Ritual zu vollziehen. Doch der Sarkophag birgt nicht Tonatiuh, sondern Coyolxa, die Mondgöttin.
Als diese erwacht, vernichtet sie Antediluvian.
In einer Fernsehsendung sehen Dilara und Calvin Monate später die mysteriöse Luna Sangue, die Dilara verblüffend ähnlich sieht, und deren Ziel es ist, den Schattenkelch – der ewiges Leben verheißt – zu finden, was Dilara und Calvin verhindern wollen. Dilara erinnert sich daran, daß sie zu Beginn des Ersten Weltkrieges in Frankreich die Seherin Geneviève Zaeppfel traf, die nach einer Séance entführt wurde. Dilara nahm die Verfolgung auf und wurde in eine Festung verschleppt, aus der sie und Geneviève mit Hilfe von Zigeunern entkamen. Dabei sah Dilara einen Kelch, der wundersame Kräfte zu besitzen schien. Dilara und Calvins Suche nach dem Kelch führt sie nach Frankreich. Ihre abenteuerliche Reise endet in dem Zigeunerwallfahrtsort Les-Saintes-Maries-de-la-Mer. Dort gelingt es ihnen, den Schattenkelch in Besitz zu nehmen und zu fliehen. Kurz darauf verschwindet Calvin. Seine Spur führt zu seinem Vater in Santa Barbara/Kalifornien. Alte Konflikte brechen zwischen den beiden Männern auf, die darin gipfeln, daß das telepathische Band zwischen Dilara und Calvin zerbricht.
Mick, der Voodoovampir-Cop und seine Partnerin Cassandra haben es bei Scotland Yard mit der seltsamen Mordserie, die die Machtkämpfe der Vampirclans fordern, zu tun.
Der Schattenkelch vereint sie alle zu einem *Bund der Fünf.* Dilara, Calvin, Guardian, Luna und Mick entfesseln in einem blutigen Ritual die Magie des Kelches, die so lange währt, wie sich der Bund einig ist, und die sie alle noch unantastbarer macht.

DE INTEGRO

(Von neuem)

Wenn aber die Zeit kommt, da die Fünf im Zeichen des Kelches einen Bund bilden, und unter ihrer Führung ein Zeitalter der Prosperität und des Wohlergehens ihrer Rasse anbricht, wird sich aus der Mitte der Welt eine Macht erheben. Mit feurigem Odem und Klauen aus Stahl. Aus Haß geboren wacht sie mit tausend gläsernen Augen über die Wege ihrer Feinde, um sie mit ihrem Zorn zu vernichten. Geeint mögen sie ihr widerstehen, doch getrennt werden sie fallen. Und das Zeitalter des Drachen beginnt.

(Anonymer Verfasser: „Die Schattenchronik")

London, Juli 2006, Park Lane

Dilara öffnete ihre katzengrünen Augen einen Spalt weit und hatte Schwierigkeiten, sich wieder auf die Realität einzulassen, in die sie benommen erwachte. Auf ihrer Zunge lag ein intensiver, metallener Geschmack – wie ihn Blut hinterließ.

Dilara leckte sich einige Male genüßlich mit der Zungenspitze über die vollen Lippen. Auch an ihnen haftete das Aroma des Lebenssaftes, auf den ihre Art so angewiesen war. Doch dieser hatte eine besondere Blume, einen speziellen Gehalt...

Vor dem geistigen Auge der Vampirin zogen düstere, aber zukunftsträchtige Bilder vorüber, die sie mit außergewöhnlicher Intensität erfüllten, denn sie waren von signifikanter Bedeutung – für sie und einige ihrer Art.

Hatte sie das alles nur geträumt?

Dieses unvergleichliche Blutopfer, welches sie zu erbringen

hatten, und das mystische Licht, das der magische Kelch freiließ, das sie alle erfüllte und sie – solange sich das einzigartige Gefäß in ihrem Besitz befand und sie den Verbund um diesen bildeten – tatsächlich unvergänglich machte. Ja, dachte sie, der Schattenkelch und der Bund der Fünf waren wirklich und nicht ihrer Phantasie entsprungen. Also auch das Ritual, das sie in Antediluvians ehemaligem Reich in den Katakomben der St. Paul's Cathedral begangen hatten. In Guardians Obhut war der für ihre Art wertvolle Kelch nun sicher in Verwahrung.

Guardian, ihr blonder, blauäugiger Bruder – der Wächter.

Jetzt lebte auch er seine Bestimmung.

Dilara schloß die Augen wieder und blickte in sich hinein. In der sepiafarbenen Schwärze ihrer Seele glomm nun eine kleine energetische Flamme, die sie essentiell zu stärken schien.

Wie zur Bestätigung fühlte sie einen warmen Strom durch ihren Körper ziehen.

Es war für sie wie eine Genesis.

Als lebe sie von neuem!

Der Bund der Fünf!

Sie erinnerte sich daran, wie sie sich in der Kuppelgrotte jeder auf einer Spitze des fünfzackigen Sterns gegenübergestanden hatten. In der Mitte der Kelch, der nur in dem neuen Verbund seine Macht entfalten konnte und sie wiederum ihnen verlieh.

Uneingeschränkte Macht!

Nichts und niemand konnte ihnen etwas anhaben – solange sie einig waren.

Nun vermochten sie es, zusammen über die Wesen der Nacht zu herrschen, und das unendliche Leben bot ihnen noch mehr Facetten und Möglichkeiten als bisher. Sie waren in der Lage, ihrer Art endlich etwas zu verschaffen, was ihr gefehlt hatte:

eine eigenständige Gesellschaft mit allen Machtorganen wie in der Welt des Lichtes. Eine wahre Schattenwelt.

Unendliches Sein, dachte Dilara versonnen und spürte eine jähe Lebensfreude in sich aufwallen. Auch wenn sie nebulös ahnte, daß nichts mehr so wie früher sein würde.

Früher – soweit sie es sich ins Gedächtnis rufen konnte!

Doch was ihre Erinnerungslücken anging – ihr bisher von welcher Macht auch immer auferlegt –, verspürte sie plötzlich das untrügliche Gefühl, daß sie nun nicht mehr daran gehindert wurde, sich zu entsinnen.

Der Bund der Fünf, durchzog es sie erneut, und ein ungekanntes Hochgefühl breitete sich in Dilara aus. Es war wie eine Dynastie, die sie gegründet hatten: Guardian, Mick, Luna, Calvin und sie. Ein sinnliches Lächeln umspielte Dilaras Lippen, als sie an ihren langhaarigen Gefährten und die vergangenen Stunden dachte.

Wie zwei langgezogene Schatten waren sie nach dem Ritual aus den Katakomben heraus und durch die Nacht geflossen, deren Düsternis noch nicht dem Morgengrauen Platz gemacht hatte. Sie nahmen erst wieder in ihrem Haus in der Park Lane Gestalt an, das Dilara schon lange nicht mehr nur als ihres betrachtete, sondern als ihrer *beider* Zufluchtsstätte, weil mittlerweile alles hier auch Calvins Seele atmete. Die Energie des Kelches, die immer noch besonders in ihnen schwang, ließ sie nicht ruhen.

Inmitten der Kissenlandschaft des Kaminzimmers liebten sie sich – so intensiv und leidenschaftlich wie nie zuvor. Ganz so, als gälte es zu signalisieren, daß nun eine neue Ära für sie angebrochen war. Und als ob sie verdeutlichen wollten, daß sie nun wirklich *auf ewig* zusammengehörten.

Dilara seufzte wohlig bei dem Gedanken an Calvins kraftvolle Bewegungen in ihr. Dieses Gefühl, eins mit ihm zu sein, war unbeschreiblich und übertraf alles. Irgendwann wollte sie vergehen – mit ihm in sich. Sie vernahm seine regelmäßigen Atemzüge neben sich, vermeinte noch den berauschenden Geruch ihrer Vereinigung in der Luft zu verspüren und tastete mit ihrer feingliedrigen Rechten nach Calvin. Zart strich sie ihm über die nackte Haut. Wie immer, wenn sie ihn auch nur sanft berührte, wachte er sofort auf. Als habe er im Unterbewußtsein nur darauf gewartet, von ihr geweckt zu werden. Der Blick seiner dunklen Augen war eine Spur melancholischer als sonst, sogar etwas *verstört*. Dilara fragte sich, ob es Nachwirkungen der Leidenschaft waren, der sie sich bis in die frühen Morgenstunden hingegeben hatten, doch Calvins nächste Worte zerstörten die letzten erotisierten Wallungen in ihr.

„Ich habe geträumt." Seine Stimme nährte ihre Befürchtung, daß es ein dunkler Alp gewesen sein mußte, ebenso wie das leise hervorgebrachte: „Von meiner Mutter!"

London, Juli 2006, Paddington

Micks Erwachen war eine Spur abrupter als das des Vampirpaares in dem Haus auf der Park Lane. Das unbarmherzig schrille Läuten des Telefons entriß ihn von einer Sekunde auf die nächste aus seinem unruhigen Schlummer.

Mick fuhr mit einem genervten „Damned" in seinem Bett auf und blieb eine Weile benommen sitzen. Wohl vor allem in der Hoffnung, daß neben seinem brummenden Schädel auch das Telefon verstummen würde. Doch der Anrufer schien über eine Engelsgeduld oder das sadistische Vergnügen zu verfügen, Micks Nerven auf die Probe zu stellen.

Der Cop schwang sich nackt, wie er war, aus dem Bett und

griff sich das drahtlose Telefon, das er achtlos auf dem Boden abgelegt hatte. „Ja?" brummelte er mundfaul in die Sprechmuschel. „Wer stört?"

„Dr. Grean hier!" tönte es hektisch und unfreundlich an Micks Ohr. Der Cop verzog beinahe angewidert das Gesicht. Mick fiel es immer schwerer, Grean gegenüber die Höflichkeit walten zu lassen, die erforderlich war, um nicht ständig mit ihm aneinanderzugeraten, was sein Leben erschwert, gar gefährdet hätte. Es war klüger, sich mit seinem Vorgesetzen keine Machtkämpfe zu liefern. Auch wenn das Mick seine ganze Beherrschung kostete.

„Bondye, es gab eine neue Tote. Eine junge Frau, eine richtig scheußliche Sache." Dr. Peter Grean gab einen dumpfen Laut von sich. „Sie wurde brutal niedergemetzelt." Eine kurze Pause entstand. „Und es sieht so aus, als ob Tiere an ihr gefressen hätten."

„Wie bitte?" Mick mußte sein Entsetzen nicht einmal spielen, denn er erschrak bei dem Gedanken, daß er seinen Hunger nach Menschenfleisch nicht hatte bezähmen können. Er ahnte, um welche Tote es sich handelte. Also hatte man sie im Richmond Park gefunden. Die Frau, deren Fleisch er verspeist, und die er getötet hatte.

Umso vorsichtiger mußte er nun vorgehen.

Cassandras Gesicht tauchte vor seinem geistigen Auge auf. Cassandra, die ihn dabei beobachtet, aber nicht verraten hatte – aus Liebe. Er verspürte Gewissensbisse bei dem Gedanken, auf welche Weise er es ihr gedankt hatte. Aber dafür war es nun zu spät, und es hatte sein müssen. Seine Bestimmung war es, ein Mitglied der neuen Dynastie des Schattenkelches zu sein. Doch seine Erinnerung an die Zeremonie und an die besonderen Opfer, die alle bringen mußten, nährte sein schlechtes Gewissen Cassandra gegenüber.

Irgendwie vermißte er die pummelige Kollegin, die ihm so schwärmerische Empfindungen entgegengebracht hatte. Mick fühlte sich, als habe seine reale Welt an menschlicher Wärme eingebüßt.

Er löste sich von dem Gedanken, denn es galt, ein weiteres Problem zu bewältigen!

Wie sollte er dem Paragraphenreiter erklären, wo Cassandra abgeblieben war?

Mick seufzte.

„Haben Sie etwas gesagt?“ klang die zeterige Stimme seines Vorgesetzten in Micks Überlegungen.

„Nein.“ Der Voodoovampir-Cop seufzte erneut und hielt es für angebracht, das Gespräch zu beenden. „Ich bin in zehn Minuten im Yard!“ sagte er und wartete die Antwort seines Vorgesetzten erst gar nicht ab.

London, Juli 2006, in den Katakomben der St. Paul's Cathedral

Guardian war nach dem Ritual nicht zur Ruhe gekommen. Geschäftig und innerlich aufgewühlt beseitigte er die Spuren des blutigen Mahls und beauftragte drei seiner getreuen Anhänger der Cemeteries, die Leichen der Blutopfer zu beseitigen, was in Windeseile und fast in aller Stille erledigt wurde.

Er zog sich daraufhin wieder in seine Bibliothek zurück, ohne noch einen weiteren Gedanken an die Leichen zu verschwenden, auch wenn er aus einem ihm unerfindlichen Grund befohlen hatte, die sterblichen Überreste der Opfer unversehrt zu lassen und sie in einer abgelegenen Ecke des Brompton Cemeterys der Erde zu übereignen.

Guardian setzte sich hinter den schweren antiken Schreibtisch, blieb eine Weile gedankenversunken sitzen und ließ die Geschehnisse der letzten Wochen und Monate Revue passieren. Wieviel war geschehen, besonders, seit er Dilara nähergekommen war. Seiner Schwester. Und nun gehörten sie dieser Allianz an, in der er allerdings eine uneinschätzbare Größe sah: Luna!

Ihr traute er nicht über den Weg. Dafür war sie zu gerissen und verschlagen. Es lebte zuviel von der alten Mondgöttin in ihr, auch wenn Antediluvian diese nicht unversehrt wiederzuerwecken vermocht hatte.

„Ich werde dich im Auge behalten, Luna Sangue!" murmelte Guardian, und das ehemalige Mißtrauen gegen sie flackerte wieder heftig in ihm auf. Die uralte Seele, die in ihr ruhte, hatte es schon immer auf Dilara abgesehen. Aber er würde es zu verhindern wissen, daß sie seiner Schwester Schaden zufügte. „Es wird Zeit, daß wir für den Bund Regeln erstellen, aber auch für unser Geschlecht und die Schattengesellschaft, die es zu festigen gilt!"

Kerzengerade setzte er sich auf und zog einen Block und Stift heran, um sich Notizen zu machen. Immer noch lehnte er weitestgehend, und wann immer es möglich war, technische Hilfsmittel ab. Etwas, das Calvin immer weniger verstehen konnte. Guardian grinste bei dem Gedanken an den Gefährten seiner Schwester. Er fühlte sich ihm zunehmend verbunden, nicht nur, weil er so große Bedeutung für Dilara hatte oder einer der Fünf war, sondern weil er Calvins Fähigkeiten und damit seinen Wert schätzte. Dennoch konnte ihn Calvin nicht von dem Gebrauch eines Laptops oder sonstiger technischer Errungenschaften überzeugen.

Auf einmal schob Guardian den Block wieder von sich, stand auf und eilte mit fließenden Bewegungen durch die Katakomben. Sein Weg führte ihn aus der St. Paul's Cathedral hinaus, in die Schwärze der Nacht, geradewegs bis an Dilaras Haus, das völlig im Dunkeln lag. Die schöne Vampirin und ihr Gefährte schienen nicht daheim zu sein. Schon wollte er sich umwenden und unverrichteter Dinge in seine unterirdische Welt zurückkehren, als er die Anwesenheit eines Wesens seiner Art ganz in der Nähe spürte.

Durch die Nacht und die nebligen Schwaden, die London wie feine Spinnweben einsponnen, flatterte etwas herbei, das neben ihm Gestalt annahm und ihn aus katzengrünen Augen ansah.

„Dilara!" sagte Guardian erfreut. „Du kommst wie gerufen!"

London, Juli 2006, LUNA-Tower

Luna Sangue genoß das Gefühl unbegrenzter Macht, das sie seit ihrem Blutopfer durchströmte. Der einzige Wermutstropfen war, daß sie diese mit vier anderen Vampiren teilen mußte. Doch soweit sie es beurteilen konnte, verfolgten die anderen, ebenso wie sie, ihre eigenen Ziele, und würden ihr nicht in die Quere kommen.

Jedenfalls vorerst nicht!

Was mit dem geschah, der es wagte, ihre Kreise zu stören, hatte Mark Garimont am eigenen Leibe erfahren und nicht anders verdient. Sie forderte Loyalität und unbedingten Gehorsam. Doch selbst durch seine Intrige hatte ihr Garimont in die Hände gespielt und war Teil der Zeremonie in den geheimen Katakomben unterhalb der St. Paul's Cathedral geworden.

Lunas Augen verengten sich zu leuchtenden, bernsteinfarbenen Schlitzen, als sie an den Moment dachte, als Mark Garimonts Blut in das Gefäß des Schattenkelches geflossen war und sich mit dem der anderen vermischt hatte.

Nun war es an der Zeit, sich einen neuen Berater zu wählen. Dabei galt es, mit Bedacht vorzugehen. In der Schattenwelt bereitete es ihr keine Schwierigkeiten, ungehindert aufzutreten und ihre eigene Politik durchzusetzen. In der ihr fremden Welt der Menschen hingegen fiel es ihr nach wie vor schwer, ihre Vorstellungen umzusetzen. Sie benötigte dafür jemanden, der die Menschen besser verstand als sie, und der unter ihnen lebte. Sozusagen einen Mittler, einen Wanderer zwischen beiden Welten.

Es wurde Zeit, wieder ihre Geschäfte aufzunehmen, die ihr binnen kürzester Zeit Macht verliehen hatten. Es war so einfach, Einfluß über die Menschen zu gewinnen. Dazu hatte sie anfangs nur ihre atemberaubende Schönheit einsetzen müssen. Es war ein leichtes gewesen, den Männern den Kopf zu verdrehen. Dabei zog sie alle Register ihres Könnens, schließlich sollte niemand bemerken, wie sie mehr und mehr Geld und Wissen erwarb, das sie ausschließlich zu dem Zweck einsetzte, es weiter zu mehren.

Luna dachte triumphierend an die Zeit, als sie genug Kapitel besessen hatte und alle Mittelsmänner und Partner, die nun für sie nutzlos und somit uninteressant geworden waren, fallengelassen und LUNATIC-Cosmetics gegründet hatte. Damit provozierte sie eine Reihe unerklärlicher Selbstmorde in prominenten Kreisen. Die, die es nicht verwinden konnten, fortan auf ihre Liebesdienste verzichten zu müssen, hatten ebenso den Freitod gesucht wie jene, die befürchteten, daß Luna Sangue das Wissen, das sie ihr in schwachen Momenten anvertraut hatten, für ihre eigenen Ziele nutzen würde.

Wie hatte sie es genossen, all das mit anzusehen!

Wie sehr hatte es ihrer Urseele, sich an dem Schmerz ihrer Opfer zu ergötzen, entsprochen und sie genährt!

Doch auch ihr Imperium war nicht unverwundbar. Sie hatte ihre Aufgaben in letzter Zeit zugunsten der Jagd nach dem Schattenkelch sträflich vernachlässigt und sah ihre Position nun geschwächt. Die Führung des Konzerns verlangte wieder ihre ungeteilte Aufmerksamkeit.

Als sie nach der Zeremonie unter der Kathedrale in ihr Büro im obersten Stockwerk des LUNA-Towers hoch über London zurückkehrte, fand sie auf ihrem Schreibtisch ein Dossier, das die Geschäftsdaten des vergangenen Monats zusammenfaßte. An der Börse und bei den Verkaufszahlen war es zu rapiden Gewinneinbrüchen gekommen. Es schien daran zu liegen, daß immer häufiger in großen Mengen billige Imitate ihrer Kosmetiklinien auf den Markt geworfen wurden. Kopien, die natürlich nicht die verjüngende Wirkung besaßen, die Lunas Produkte auszeichnete. Denn ihr unbekannter Konkurrent verfügte nicht über die notwendigen Herstellungstechniken. Die menschliche Forschung konnte ihm diese nicht geben – sondern nur das uralte Wissen, das Luna aus Aztlan mitgebracht hatte, und das sie sorgsam hütete. Aber es schien den Kontrahenten nicht davon abzuhalten, den Markt mit seinen Fälschungen zu überschwemmen, die sogar eine schädliche Wirkung hatten und LUNATIC-Cosmetics damit noch mehr Verluste zufügten. Denn seither wurde sie von einer Welle von Schadenersatzklagen überrollt.

Luna setzte sich in aufrechter und kämpferischer Haltung hinter ihren Schreibtisch und ergriff das Telefon.

Der neue Mann an ihrer Seite würde sich darum kümmern müssen. Seine erste Aufgabe allerdings lautete, das Verschwinden seines Vorgängers allerorts plausibel zu erklären.

Luna und der Bund der Fünf konnten es nicht zulassen, daß Scotland Yard auf sie aufmerksam wurde. Gottlob hatten sie mit Mick einen guten Mann an der Quelle. Luna lächelte zufrieden. Bisher verlief alles in ihrem Sinne, und sie würde alles daran setzen, daß es auch so blieb.

London, Juli 2006, Scotland Yard

„Da sind Sie ja endlich!“ begrüßte ihn Dr. Grean unwirsch.

Mick konnte sich nur im allerletzten Augenblick eine schnodderige *Ich-kann-ja-nicht-fliegen*-Erwiderung verkneifen, schob sich wort- und grußlos an seinem Vorgesetzten vorbei in das Büro und setzte sich schweigsam hinter seinen Schreibtisch. Dabei vermied er es krampfhaft, in die Richtung des leeren Platzes seiner Partnerin zu blicken.

Cassandra, dachte er und hatte ein flaues Gefühl in der Magengrube. Erneut fragte er sich, wie er Grean erklären sollte, wo die mollige Kollegin abgeblieben war.

Als habe sein Vorgesetzter den Gedanken erraten, fuchtelte er mit der rechten Hand in der Luft herum, verfehlte nur knapp Micks Nase und deutete auf Cassandras leeren Stuhl. „Wo bleibt denn Miß Benedikt heute morgen?“

„Das weiß ich doch nicht, schließlich bin ich nicht ihr Kindermädchen!“ brummte Mick.

Dr. Grean zog eine Augenbraue hoch. „Ich dachte, Sie verstünden sich mit ihr.“

„Tue ich auch.“

„Aber?“

„Da gibt es kein Aber!“

„Es klang dennoch so." Dr. Grean fingerte einen großen, braunen Briefumschlag aus einer Mappe, die er unter den Arm geklemmt hatte, und legte ihn schwungvoll vor Mick auf dessen Schreibtisch. „Das sind die Bilder der Toten..."

„Es gibt schon Fotos?" Mick spielte perfekt den Ahnungslosen und pfiff durch die Zähne. „Respekt, das nenne ich schnelle Arbeit. Grade erst gefunden, und schon gibt es ein Dossier."

„Die Tote wurde bereits gestern gefunden, aber Sie waren ja nicht erreichbar!" Dr. Grean musterte seinen Untergebenen mißtrauisch. „Wo haben Sie sich herumgetrieben?" fragte er. „Wir haben versucht, Sie per Handy zu erreichen... leider ohne Erfolg!"

Mick zog eine Grimasse und wahrte meisterlich die Fassung. „Hin und wieder will ein Mann an seinem Feierabend auch mal ungestört sein." Er gab seiner Stimme einen betont frivolen Unterton. „Wenn Sie verstehen, was ich meine!"

Dr. Greans Gesichtsfarbe erhielt eine verräterisch „gesunde" Note. Doch das hielt nicht lange an, der unverbindliche Ausdruck und die rasch wieder fahlere Hautfarbe zeigten Mick, daß es an der Zeit war, dienstlich zu werden. Er griff nach dem Umschlag, beförderte das darin enthaltene Material vor sich auf den Schreibtisch und breitete es mit beiden Händen aus.

Als er die Fotos sah, regte sich etwas in ihm.

Nicht, daß ihn sein Gewissen plagte, die junge Frau getötet zu haben, aber es flammte ein altes Urschuldgefühl in ihm auf, das schon lange unter dem schützenden Panzer des Verdrängens begraben lag. Nun schlängelte es sich wie ein Wurm an die Oberfläche – zumindest ansatzweise.

Dr. Greans Stimme stoppte Micks Gedankenfluß, und der junge Cop war dieses Mal froh darüber, dennoch war das Geplapper seines Vorgesetzten wie eine einförmige Tonfolge an ihm vorbeigeflossen. Daher fragte er: „Was haben Sie gesagt?" Mit einem entschuldigenden Lächeln fügte er hastig hinzu: „Ich war mit meinen Gedanken woanders."

„Das habe ich bemerkt!" Dr. Grean klang eindeutig verschnupft.

So empfand es Mick, der sich beeilte, das Thema wieder auf die Tote aus dem Richmond Park zu lenken. Er tippte auf eines der Fotos, das die grausam entstellte Leiche am deutlichsten zeigte. „Das sieht ja entsetzlich aus", sagte er und meinte es auch. Es kam ihm beinahe unwirklich vor, daß er das angerichtet haben sollte. Seit dem Ritual erschien ihm alles, was zuvor stattgefunden hatte, ohnehin wie aus einem früheren Leben – seltsam entfernt. „Gibt es schon irgendwelche Erkenntnisse?" fragte er mit tonloser Stimme und verspürte, wie schon häufig, Furcht vor dem, was in ihm war und sich jetzt an die Oberfläche kämpfte. Du bist ein Bondye, sagte er sich, du mußt dich für nichts rechtfertigen. Du bist ein Bondye!

„Ja, es gibt Erkenntnisse!" Dr. Greans Stimmlage kündigte deutlich an, daß das Folgende seinem Untergebenen nicht gefallen würde. Der nächste Satz bestätigte es. „Die Wunden und Verstümmelungen an der Toten stammen eindeutig von einem menschlichen Gebiß!" Er beugte sich zu Mick herunter, bis sein Gesicht vor dem des Cops schwebte, und er in dessen sonderbare Augen blicken konnte. „Haben Sie verstanden, was ich gesagt habe? Von einem *menschlichen* Gebiß!"

„Ja", preßte Mick hervor und wußte, daß er ab jetzt in mehrfacher Sicht auf der Hut sein mußte.

London, Juli 2006, Park Lane

„Guardian!"

Es erfüllte den Wächter mit Wärme, die Freude in der Stimme seiner Schwester zu vernehmen.

„Wie schön, dich zu sehen!" Ihre Stimme vibrierte, und Guardian hätte die feine Blutlinie, die sich aus ihrem Mundwinkel bis in ihre zarte Halsbeuge gezogen hatte, nicht registrieren müssen, um zu wissen, daß sie soeben ihren besonderen Hunger gestillt hatte. Auch ihre rosig angehauchten Wangen verrieten sie, ebenso das katzige Funkeln ihrer Augen.

Er sog den Duft ein, den ihre Haut verströmte, und der die Angst des Opfers in sich barg, die Dilaras Seele als zusätzliche Nahrung in sich gezogen hatte.

Guardians Blick sagte ihr, daß er all das wahrnahm, und sie warf ihre dichten schwarzen Locken mit der für sie so typisch lasziven Bewegung über die Schultern. Lachend entblößte sie dabei ihre spitzen Eckzähne, wurde aber schlagartig wieder ernst, als sie sah, daß ihr Bruder nicht in ihre spontane Heiterkeit einstimmte. „Was ist los?" fragte sie schlicht, weil sie instinktiv spürte, daß es einen gewichtigen Grund gab, warum er bei ihr erschienen war. Sie kannte ihn mittlerweile gut genug, um zu wissen, daß er es nicht sonderlich schätzte, die Katakomben zu verlassen – auch bereits während der Zeit, als er noch die Gemeinschaft der Cemeteries, der unterirdischen Welt unter dem größten Friedhof Londons, anführte. Schon damals hatte man ihn nur, wenn es unbedingt notwendig war, herauflocken können. Er war nicht so umtriebig wie Dilara und Calvin und fand wenig Gefallen an der oberirdischen Welt.

Im Grunde seiner Seele war er ein Einzelgänger, auch wenn ihn mit Dilara und den Wesen, die sie umgaben, etwas verband.

Besonders Calvin weckte immer mehr Guardians Interesse, nicht nur, weil der junge Vampir der einzige von ihnen gewesen war, der es vollbracht hatte, die Inschrift des Schattenkelches zu entziffern. Guardian spürte, daß noch viel mehr in dem oft so verschlossen Wirkenden schlummerte.

Doch das war im Moment nebensächlich, es gab wesentlichere Dinge zu regeln.

„Wir müssen über den Bund der Fünf reden, Dilara."

„Sicher, das können wir", sagte sie ruhig. Die Vampirin durchschritt mit Guardian den Vorgarten bis zu der Eingangstür ihres Hauses, sie betraten es und gingen in das Kaminzimmer.

Guardian nahm in einem der antiken Sessel Platz und beobachtete, wie Dilara in die Landschaft aus Kissen glitt, eines ergriff und mit ihren Armen umschlang. Ihr Blick blieb dabei unentwegt an ihrem Bruder haften.

„Du fragst dich sicher, warum ich zu dir komme und was ich mit dir über den Bund zu besprechen habe."

Dilara nickte stumm.

„Du weißt, daß wir beide das *Starke Paar* an der Spitze des Bundes sind, das diesen anführen soll."

Wieder nickte Dilara.

„Und dir wird sicher nicht verborgen geblieben sein, daß dieser Zusammenschluß Schwachstellen aufweist."

Dilara setzte sich gerade auf. „Luna und Mick?" fragte sie langgezogen.

Nun war es an Guardian, zu nicken. „Mick ist im Grunde genommen eine Bereicherung für uns, aber auch eine uneinschätzbare Größe – durch sein Doppelwesen."

„Ich weiß!" sagte Dilara. „Aber von ihm droht *keinerlei* Gefahr!" Ihre dunkle Stimme, aber vor allem die prononcierte Art zu reden, faszinierten Guardian immer wieder. Dilara hatte eine einzigartige Weise zu sprechen. Sie betonte einzelne Wörter in einer fast musischen, erotischen Form, wie nur sie es vermochte. Es verlieh ihrer Sprache eine eigenwillige Lebendigkeit.

„Woher nimmst du diese Erkenntnis?“ wollte er wissen. Dilara schwieg, blickte ihn aber nach einer Weile nachdenklich an.

„Luna hingegen traue ich nicht über den Weg!“ meinte sie mit düsterer Miene.

„Ich auch nicht. Aber ohne sie hätten wir die Macht des Schattenkelches nicht nutzen können.“

Dilara seufzte. „Warum auch immer.“ Sie strich einige vorwitzige Locken aus der Stirn, die ihr über die Augen gefallen waren. „Wir sollten sie im Auge behalten.“

Guardian beugte sich in dem Sessel vor. „Mehr noch, wir müssen Regeln aufstellen. Regeln, nach denen sich der Bund der Fünf zu richten hat. Der Bund und unsere Art.“

Dilara riß erstaunt ihre schönen Augen auf. „Du meinst, wir... beide?“

„Ganz genau.“

„Warum sollten sich die anderen diesen Regeln beugen?“

„Weil es der Kelch verlangt.“

Dilara dachte an Antediluvians Aufzeichnungen und mutmaßte, daß Guardian noch nicht alles preisgegeben hatte. „Was verschweigst du mir?“

„Später! Erst gilt es, die Regeln aufzustellen.“

„Jetzt?“ wollte sie erstaunt wissen. „Hat das nicht noch Zeit?“

Sein klar vorgebrachtes „Nein!“ trieb sie aus den Kissen an seine Seite. Sie setzte sich ihm gegenüber auf das Sofa, auf dem es sich Calvin stets bequem machte, wenn sie nicht gerade zusammen in der Kissenecke lagen.

„Welche Regeln meinst du, Guardian?“

„Ich spreche von Geboten für unseren Bund und unsere Gattung, deren Zuwiderhandlung hart bestraft wird. Wir müssen auch regeln, wann neue Vampire erschaffen werden dürfen, und welche Strafe auf das Vernichten eines Artgenossen steht." Er lächelte seine Schwester milde an. „Du hast Calvin zu deinem Gefährten gemacht, ohne Antediluvian und den Rat der Alten zu befragen. Wenn das Schule macht, birgt es zu viele Gefahren."

Dilara schwieg betroffen.

Guardian hatte recht.

„Also gut", sagte sie. „Laß uns beginnen!"

Asien, Juli 2006

Eine dunkle Woge des Hasses durchzog ihn – dumpf und lähmend wie eine Anästhesie.

Dabei hatte ihm gerade dieses schwelende Gefühl zeit seines Lebens immer Auftrieb gegeben, ihn angespornt und ihn rast- und ruhelos werden lassen. Unnahbar für alle, die seinen Weg kreuzten, verfolgte er beinahe besessen sein Ziel. Nur das hatte ihn am Leben gehalten, als seine Familie ausgelöscht worden war.

Von diesen Alptraumwesen, die die Hölle freigelassen und auf die Welt geschickt hatte. In jener Nacht, als er mitansehen mußte, wie ihm alle die genommen wurden, zu denen er sich zugehörig fühlte, als er hilflos mitverfolgen mußte, wie sie förmlich abgeschlachtet und zur Ader gelassen wurden, hatte er sich geschworen, im Gegenzug diese Kreaturen zu vernichten.

Damals war in dem verängstigten Fünfjährigen das erste Saatkorn des Hasses gelegt worden.

Auf alles, was untot war, auf jene Schattenwesen, die sich ihr unseliges Leben erhielten, indem sie sich des Blutes anderer bedienten und ihre Opfer töteten – im Rausch, aber auch, damit sie vor der Verfolgung sicher waren.

Ihnen hatte er den Kampf angesagt.

Den Untoten, den Gestaltenwandlern, Wiedergängern, Vampiren...

Er blickte in das undurchdringliche Dunkel der Nacht. Jetzt, dachte er, jetzt ist es soweit. Endlich habe ich eine Spur, um an die heranzugelangen, die dieses unselige Geschlecht anführen.

Seine Mittelsmänner in London hatten ihm von den Machtkämpfen unter den Vampirclans berichtet, und es erfüllte ihn mit Genugtuung, zu hören, daß sie sich gegenseitig bekämpften und vernichteten. Das war genau der Zeitpunkt, auf den er so lange gewartet hatte. Nun, wo sie mit sich selbst beschäftigt und geschwächt waren, mußte er seine ersten gezielten Anschläge erfolgen lassen und die ersten Züge ausführen.

Er wußte, daß London das dunkle Herz dieser Schattenkreaturen war, daß sich dort ihre unterirdischen Machtzentren befanden. Aber seine Kundschafter wußten nichts Näheres zu berichten. Die Vampire und Nosferati hatten ein gut funktionierendes Netz in der überirdischen Realität um sich gesponnen, das ihre dunkle Zwitterwelt schützte. Aber auch ihre Gestaltwandlungen und magischen Kräfte machten sie beinahe unbesiegbar.

„Das wird euch nichts nützen!“ zischte er leise und starrte weiter aus seinen schmalen Augenschlitzen in die Dunkelheit. „Ich werde euch vernichten! Alle! Und wenn es das Letzte ist, was ich tue! Der Zorn des Drachen wird über euch kommen!“

London, Juli 2006, LUNA-Tower

„Er ist da!“ Thomasz, einer ihrer vier ständigen Leibwächter, betrat das Büro, von dem aus Luna Sangue ihr Imperium beherrschte. Es war mit allen technischen Raffinessen ausgestattet; etwa einem System von großflächigen Plasmabildschirmen, über das sie mit ihren Geschäftsführern jederzeit eine Videokonferenz abhalten konnte. Die Vampirin kannte keine Berührungsängste mit der modernen Technik. Sie bediente sich ihrer so, wie sie Menschen benutzte.

„Gut, wir empfangen ihn im Grauen Zimmer. Wir sind in zehn Minuten dort.“

Luna liebte es, die Bittsteller, die zu ihr kamen, warten zu lassen. Das konnte sich nur jemand erlauben, der Macht besaß. Hinzu kam, daß sie es genoß, andere zu verunsichern, was ihre Position noch stärkte.

Sie verwendete die Zeit dafür, um ihr knappes Kostüm und das pechschwarze Haar in Form zu bringen. Versonnen blieb sie vor einer Wand stehen, an der eine Auswahl archäologischer Fundstücke aus Mexiko von einer ausgeklügelt arrangierten Beleuchtung in einen goldenen Lichtschein getaucht wurde.

„Mike O’Connell“, murmelte sie. Drei Telefonate mit den richtigen Leuten hatten ergeben, daß er der Mann war, den sie suchte. Er hatte Ende der Siebziger in der Armee gedient und 1982 bei der Befreiung der Falklandinseln eine nicht unbedeutende Rolle gespielt. Nach Kriegsende war er zum Geheimdienst versetzt worden. Man hatte ihn nach einer Reihe erfolgreicher, aber äußerst riskanter Missionen, in denen er sich durch allzu eigenmächtige Entscheidungen bei seinen Vorgesetzten unbeliebt gemacht hatte, vom Dienst suspendiert. Sie war gespannt darauf, ihn kennenzulernen.

Luna verließ das Büro, fuhr mit ihrem Privataufzug zwei Stockwerke tiefer und betrat den Raum, den sie für Treffen dieser Art nutzte.

Mike O'Connell hatte in einem Sessel Platz genommen. Er wirkte seltsam entspannt, wie ein Mann, der die Dinge auf sich zukommen läßt und davon überzeugt ist, jedes Problem in den Griff zu bekommen. Er gefiel Luna auf Anhieb. Doch das wollte sie ihn nicht spüren lassen, um eine gewisse Distanz zu wahren.

„Es freut uns, daß Sie es einrichten konnten, unserem Ruf zu folgen, Mr. O'Connell!" sagte sie und reichte ihm die Hand. Er war, wie sie gelesen hatte, 47 Jahre alt und sah ganz anders aus, als sie ihn sich vorgestellt hatte. In seinem grauen Anzug wirkte er wie ein Geschäftsmann. Doch unter dem Stoff zeichneten sich die trainierten Muskeln eines Raubtieres ab. Sein Schädel war vollkommen glattrasiert, seine Haut braungebrannt.

„Es ist mir ein Vergnügen, Miß Sangue." Er erhob sich und deutete eine Verbeugung an. „Ihre Schönheit ist bereits legendär, aber die Wirklichkeit übertrifft das, was man über Sie sagt, bei weitem."

„Wir danken Ihnen für das Kompliment. Oftmals verbirgt sich jedoch hinter großer Schönheit Gefahr. Sie sollten uns niemals unterschätzen, Mr. O'Connell!"

„Ich verkenne nie jemanden. Ansonsten wäre ich nicht hier."

„Das ist gut. Wir arbeiten nur mit Leuten zusammen, die in der Lage sind, ihre Situation realistisch einzuschätzen." Luna strich mit einer zufällig wirkenden Geste ihren kurzen Rock glatt, der danach nur noch mehr von ihren scheinbar endlos langen Beinen freigab. „Sie haben unser Angebot gelesen?" fragte sie ohne weitere Vorrede.

O'Connell nickte: „Es ist großzügig. Allerdings erwarten Sie auch sehr spezielle Gegenleistungen, aber ich finde es interessant."

„Das freut uns. Wir sind sicher, daß wir Ihnen noch einige Argumente nennen werden, die für uns sprechen."

„Argumente, die meinen Vorgänger offensichtlich nicht überzeugen konnten."

„Mister Garimont zog es vor, von dem Weg der Loyalität uns gegenüber abzuweichen. Er hat etwas gestohlen, das uns gehörte. Und hat dafür bezahlt!"

„Ich hörte bereits davon." O'Connell grinste.

Luna zog die linke Augenbraue zu einem exakten Dreieck hoch. Sie hatte Garimonts Verschwinden noch nicht offiziell bekanntgegeben. Ihr neuer Mann schien gut informiert zu sein.

„Es wird Ihre erste Aufgabe sein, die Presse mit den Informationen zu versorgen, die den Fall in einem für uns günstigen Licht erscheinen lassen. Mister Garimont hat uns großen Schaden zugefügt. Wir möchten verhindern, daß sich dessen Ausmaß noch vergrößert. Wir können es uns nicht erlauben, daß hier Beamte des Yards auftauchen und lästige Fragen stellen." Luna strich eine der seidenschwarzen Haarsträhnen aus ihrem Gesicht. „Und dann gibt es da noch eine Angelegenheit, die uns zur Zeit zu schaffen macht. Wir denken, Sie werden es als Herausforderung ansehen, eine Lösung zu finden. In letzter Zeit werden wir mit einer Serie von Raubkopien unserer Produkte konfrontiert, die allmählich zu einem ernsthaften Problem wird!"

London, August 2006, Park Lane

Dilara betrachtete nachdenklich ihren Gefährten, der lang ausgestreckt auf dem Sofa des Kaminzimmers lag und las. Oder zumindest den Anschein erweckte. Die attraktive Vampirin fühlte deutlich, daß er mit seinen Gedanken ganz woanders war, und es erfüllte sie mit Trauer, weil er sie nicht daran teilhaben ließ. Calvin hatte sich merklich in sich zurückgezogen, seit er von seiner Mutter geträumt hatte, und Dilara erstaunte es nicht, daß er ihr – darauf angesprochen – gestand, daß dies nicht der erste Traum dieser Art gewesen war. Instinktiv hatte sie es die letzten Tage gespürt. Wie immer, wenn er seine Seele vor ihr verschloß, fühlte sie sich verloren, und es zog sie noch mehr zu ihm. Aber weil sie ihn liebte, ihr dunkles Herz für ihn schlug, überließ sie ihn seiner selbstgewählten Abgrenzung. Auch wenn es ihr – gerade jetzt – sehr schwerfiel. Viel lieber wäre sie zu ihm geeilt, um ihn zu umarmen und zu streicheln. Ihm auf diese Weise zu zeigen, daß sie für ihn da war. Doch sie wußte, daß er sich dann noch mehr in sich zurückziehen würde.

Dilara seufzte laut.

Gerade jetzt, wo sich eine neue Stabilität in ihrem Leben ergeben und sich ein zukunftsorientierter Verbund zusammengeschlossen hatte, sie tatsächlich unsterblich waren, schottete sich Calvin vor ihr ab.

Sie wußte auch, daß ihn nicht nur die Gedanken an seine Mutter beschäftigten, sondern er sich ausgegrenzt fühlte, weil sie die letzten Nächte mit Guardian verbracht und mit ihm über die Gebote nachgedacht hatte.

Er fühlt sich tatsächlich ausgeschlossen, dachte sie wehmütig, dabei müßte er es besser wissen. Müßte sich sicher sein, daß er mir immer am nächsten steht. Unabhängig davon, wo ich bin und wer um mich herum ist. Warum weiß er das immer noch nicht? fragte sie sich. Was mache ich falsch?

Dilaras dunkles Herz krampfte sich zusammen.

Calvin spürte deutlich ihren Kummer über seinen Rückzug in sein Inneres, und es stimmte ihn traurig. Doch er konnte die Bilder, die ihm seine Traumwelt auferlegt hatte, nicht länger ignorieren. Es war ihm, als habe die entfesselte Macht des Kelches etwas in ihm geweckt, das viel zu lange in ihm geschlummert und das er zeit seines Lebens verdrängt hatte: den Wunsch, seine Mutter zu suchen. Sich auf die Spuren seiner Ahnen zu begeben und seiner Wurzeln bewußt zu werden.

Calvin fühlte, daß nun der Augenblick gekommen war, sich endlich seiner Herkunft zu stellen. Über die Familie seiner Mutter war ihm so gut wie nichts bekannt, und einmal mehr fragte er sich, warum er nicht längst versucht hatte, etwas über sie in Erfahrung zu bringen. Und seit langem beschäftigte ihn noch etwas darüber hinaus.

Als ihn Dilara zu ihrem Gefährten machte und ihm den Kuß aufhauchte, war ihm ihre Art nicht so fremd gewesen, wie sie es eigentlich hätte sein müssen. Mehr noch, alles an ihrer dunklen Wesenheit war ihm merkwürdig vertraut erschienen. Das verunsicherte ihn immer mehr, ebenso wie die Tatsache, daß *er* alleine in der Lage gewesen war, die Inschrift des Schattenkelches zu entziffern. Woher besaß er diese Gabe? Wo lagen seine wahren Wurzeln?

Calvin mußte an seinen Vater denken. Was hast du mir alles verschwiegen, dachte er und spürte wieder den alten Groll in sich. In diesen mischte sich jedoch eine Ahnung, daß ihn sein Vater vielleicht vor etwas schützen und nicht nur hatte ausnutzen wollen.

Aber er vertrieb den wohlwollenden Gedanken wieder, weil er ihm zu absurd erschien.

Calvin senkte das Buch, das er die ganze Zeit in den Händen gehalten und angestarrt hatte, ohne auch nur ein einziges Wort des Textes wahrzunehmen. Er legte den Roman, der ihn ohnehin nie gefesselt hatte, zur Seite und setzte sich auf. Sein Blick suchte Dilaras. Sie saß im Schneidersitz auf dem Boden vor dem Kamin und beobachtete ihren Gefährten aus verschleierten Augen. Ihre immer schon helle Haut schimmerte weiß und verlieh ihren feingeschnittenen Zügen noch mehr Rasse und eine beinahe weihevolle... Calvin zögerte, es insgeheim so zu bezeichnen, aber es traf zu – *Reinheit*.

Sie wird immer schöner, durchzuckte es den langhaarigen Vampir, und ihm wurde bewußt, daß auch sie, seit sie alle das Licht des Kelches erfüllt hatte, an innerem Potential gewonnen hatte. Sie war wesentlicher und urwüchsiger geworden, von manchmal erschreckender und doch betörender Wildheit. Als habe sich ihr Urcharakter um ein Vielfaches verstärkt.

Und er meinte auch eine Verdichtung seines eigenen Wesens zu verspüren.

Calvin ahnte, daß es ihnen allen so gehen würde.

Allen im Bund der Fünf.

Hastings, August 2006

Mike O'Connell ließ seinen Blick über die sanften Hügel der südenglischen Landschaft schweifen, während seine Chefin auf ihrem Notebook die aktuellen Geschäftsdaten abrief. Seltsam, aber je mehr er über sie erfuhr, desto rätselhafter erschien sie ihm. Sie war eine Frau, die geschickt die Instrumente nutzte, die ihr der Fortschritt in die Hand gab, gleichzeitig schien sie nicht ganz in diese Welt zu gehören. Über ihre wahre Natur war er sich innerhalb der kurzen Zeit, die er für sie arbeitete, noch nicht klargeworden. Er mußte gestehen, daß sie ihn faszinierte. Vermutlich ging es jedem Mann so, der ihr begegnete. Er fragte sich, was wirklich mit Mark Garimont geschehen war. Miß Sangue hatte ihm erklärt, sein Vorgänger habe Firmengeheimnisse an die Konkurrenz weitergegeben. Doch sein Instinkt sagte ihm, daß das nicht der vollen Wahrheit entsprach. Seine Auftraggeberin verschwieg ihm etwas. Etwas Wesentliches!

O'Connell beschloß, nicht dieselben Fehler zu begehen wie sein Vorgänger. Er würde klüger sein.

Die schwarze Rolls Royce-Limousine überholte mühelos alles, was sich auf der linken Fahrbahn bewegte. Luna Sangue hatte ihren Berater gebeten, sie nach Hastings zu begleiten, wo es zur Sabotage an einer ihrer Fabriken gekommen war. Den Informationen nach, die ihm zur Verfügung standen, waren dort Profis am Werk gewesen. Sie hatten den petrochemischen Produktionskreislauf an zwei empfindlichen Stellen unterbrochen und dadurch beinahe eine Kettenreaktion ausgelöst. Nur der Wachsamkeit des leitenden Ingenieurs war es zu verdanken, daß es nicht zu einer größeren Katastrophe gekommen war, die im schlimmsten Fall die Zerstörung der gesamten Anlage bedeutet hätte.

Den Hinweisschildern nach würden sie Hastings in Kürze erreichen. O'Connell hatte schon zweimal das weite Blau des Kanals aufblitzen gesehen. Sie verließen die M 25 und fuhren über eine breite Ausfallstraße hinab zum Hafen, wo täglich Schiffe aus Osteuropa eintrafen, die die angeblich nur unter äußerst schwierigen Umständen zu beschaffenden Rohstoffe für LUNATIC-Cosmetics anlieferten.

Großflächige Werbetafeln kamen ins Blickfeld. Auf ihnen

war überlebensgroß Luna Sangue zu sehen, die, von den besten Fotografen der Welt ins rechte Licht gerückt, selber für ihre Produkte Modell stand. Dabei verwendete sie, wie er bereits festgestellt hatte, ihre Kosmetika gar nicht. Sie hatte es schlichtweg nicht nötig, sich zu schminken.

Auf den Plakaten erschien sie ihm wie eine archaische Göttin. Makellos. Perfekt. Unsterblich.

Luna klappte ihr Notebook zu. „Unsere Aktien befinden sich im freien Fall. Mit unserer Taktik, immer rascher neue Produkte auf den Markt zu werfen, haben wir eine Zeitlang Erfolge erzielt. Allerdings belasteten die dafür notwendigen Werbekampagnen unsere finanziellen Reserven erheblich. Unsere neueste Serie verjüngender Gesichtscremes wurde bereits imitiert, bevor wir sie auf den Markt bringen konnten."

„Vielleicht hat Mister Garimont noch Kontakte zu Ihrer Entwicklungsabteilung, von denen Sie..."

„Er hat damit nichts zu tun!" entgegnete sie in scharfem Tonfall.

„Wie können Sie sich dessen so sicher sein, Miß..."

„Wir wissen es!" Luna Sangue duldete keinen Widerspruch. Das hatte Mike O'Connell rasch herausgefunden. „Vergessen Sie Garimont. Er stellt keine Gefahr mehr dar. Wir sind mit ihm auf unsere eigene Weise fertig geworden."

O'Connell lief es kalt den Rücken herunter. Bevor er etwas sagen oder eine weitere Frage stellen konnte, hatten sie das Tor von Werk II erreicht, das zwei Bewaffnete bewachten.

Wie ein militärischer Sicherheitsbereich!, fuhr es ihm durch den Sinn.

Die Männer grüßten respektvoll, als sie den schwarzen Wagen und seine Insassin erkannten. Lautlos öffnete sich das Tor.

Das Werk unterschied sich auf den ersten Blick nicht von vergleichbaren Anlagen.

Neben einem repräsentativen Empfangs- und Verwaltungsgebäude gab es eine Reihe unansehnlicher Produktionshallen, deren Äußeres nichts über die im Inneren stattfindenden Prozesse verriet.

Kaum hatte der Wagen gehalten, eilte ihnen auch schon ein sichtbar nervöser und devoter Werksleiter entgegen und hieß sie herzlich willkommen.

„Miß Sangue, ich freue mich…"

„Wir möchten uns vor Ort ein Bild von dem Ausmaß des Schadens machen!" Luna legte wenig Wert auf Höflichkeit, die sie für eine menschliche Schwäche hielt. Sie mochte es nicht, wenn zu viele Worte gebraucht wurden, um einen Sachverhalt zu schildern. Während sie dem Mann zur ersten Halle folgten, ließ sie sich von ihm erklären, wie es den Saboteuren gelungen sein konnte, das dichte Netz der Sicherheitsmaßnahmen zu durchdringen. Er äußerte den Verdacht, daß es innerhalb der Firmenstruktur jemanden geben mußte, der den Gegnern geheime Informationen, Schichtpläne und Grundrißzeichnungen des Werkes zuspielte.

„Oder es geht nicht mit rechten Dingen zu! Dann müßte schon Magie im Spiel sein!" fügte er scherzhaft hinzu, wofür er einen strafenden Blick der Konzernchefin erntete.

Doch O'Connell glaubte zu bemerken, daß diese Worte bei Luna Sangue einen Denkprozeß in Gang gesetzt hatten, als ob sie diese Option nicht von vornherein ausschließen wolle und sich darüber Sorgen mache.

Die Herstellung der LUNATIC-Kosmetik fand unter möglichst sterilen Bedingungen statt. Alle, selbst Luna, mußten eine Schutzbekleidung anlegen. O'Connell fand, daß sie selbst mit grüner Haube, Mundschutz, weißem Kittel und grünen Schuhüberziehern noch hinreißend aussah. Nur mit äußerster Mühe konnte er sich auf das konzentrieren, was der Werksleiter ihnen erklärte. Er verstand nicht viel von Chemie. Aber als sie ihre Führung beendeten, hatte er den Eindruck, daß sich das, was hier hergestellt wurde, in nichts von den Produkten anderer Kosmetikhersteller unterschied. Die Inhaltsstoffe, die die wundersam verjüngende Wirkung bedingten, wurden folglich erst in einem späteren, geheimen Herstellungsschritt hinzugefügt.

Er fragte sich, ob das auch den Männern und Frauen bewußt war, die hier arbeiteten.

Asien, August 2006

Wieder durchzog den Drachen das Haßgefühl, das von Jahr zu Jahr gewachsen war – zu einem Gespinst wurde, in dem er sich vermehrt verfing, dessen zarte Fäden, einer klebrigen Fessel gleich, immer mehr seine Menschlichkeit knechteten und ihn ihrer gänzlich zu berauben drohten. Im Grunde war er die personifizierte Rachsucht, nichts anderes hatte Raum in ihm. Es war wie ein wucherndes Krebsgeschwür, das sich immer mehr in ihm ausgebreitet hatte und ihm Stärke, Durchhaltekraft und die nötige Skrupellosigkeit schenkte, um an sein Ziel zu gelangen.

Der Drache fühlte eine Unruhe in sich aufsteigen, die er kaum noch bezwingen konnte. Unruhe, das Reich der Mitte zu verlassen und sich in das direkte Umfeld seines Feindes zu begeben. Nach Europa, England – London!

Doch noch war es nicht soweit. Es mußten Vorbereitungen getroffen werden, um den Feind weiter zu schwächen.

Der Drache lächelte abfällig und verschlagen.

Seine schräggestellten Augen verzogen sich, und es funkelte gefährlich darin, als er an die Berichte seiner Schergen dachte; es erfüllte ihn mit Genugtuung, daß er sein Feld bestellt hatte. Eine des unseligen Verbundes hatte er bereits zu untergraben begonnen. Sie wußte die Gefahr noch nicht einzuschätzen, spürte sie aber instinktiv. „Es wird mir Spaß bereiten, mit dir Katz und Maus zu spielen“, fauchte er, und eine schöne Frau mit dunklen, halblangen Haaren tauchte vor seinem geistigen Auge auf. „Du bist die Dame in meinem Spiel. Durch dich werde ich auch an die anderen herankommen, die diese Kreaturen anführen, und euch alle vernichten.“ Er stieß einen verächtlichen Laut aus.

Dann wanderten seine Gedanken wieder zurück in seine Vergangenheit. Er sah seine Familie, vor allem seine Mutter. Sah, wie sich der Himmel verdunkelte von nachtschwarzen Schwingen, die Wesen herantrugen, die innerhalb einer halben Stunde dem kleinen Jungen alles nahmen und ihm das Drachenherz einpflanzten, in ihm die Kämpferseele erweckten, die fortan von Rachegelüsten getragen wurde.

Der Drache sah seine Mutter vor sich. Diese schöne, zierliche Mandeläugige mit der sanften Seele und der mütterlichen Hingabe. Dann das Bild des dunklen, fledermausartigen Schattens, der sich immer wieder in ihrem Hals und ihren rasch entblößten Brüsten verbiß, ihr Blut mit gierigen Schlucken trank, bis ihre Seele erloschen war und ihr Blick brach. Und der sie, als sie nutzlos für ihn geworden war, achtlos fallenließ.

Der Drache stöhnte über die Klarheit der Bilder, die nichts an Grauen verloren hatten – nicht in all den Jahren. Es stimmte nicht, daß die Zeit alle Wunden heilte. Er wußte es besser! Viel besser!

Doch nun näherte er sich endlich seinem Ziel, nachdem er Jahrzehnte der Machtanhäufung hinter sich gebracht hatte. Es gab kaum einen einflußreicheren Magnaten in seiner Welt, und somit hatte er die Macht und Handhabe, sich den Kreaturen zu widmen, deren Auslöschung er sich zum Ziel gesetzt hatte.

Monatelang verfolgte und studierte er die Berichte seiner Mittelsmänner in London, lauschte den Informationen seiner engsten Vertrauten, die er in die Stadt an der Themse gesandt hatte.

Und immer wieder war ein Name gefallen – Dilara Demimondes!

WENN DU LOSLÄSST, HAST DU ZWEI HÄNDE FREI

Chinesische Lebensweisheit

London, August 2006, in den Katakomben des Big Bens

Guardian betrachtete nachdenklich die vier Wesen, die vor ihm saßen und ihn mit erwartungsvollen Gesichtern anblickten – wenngleich ihn eines der Clanoberhäupter wie immer mißtrauisch beäugte: Larvae, der Ratsälteste, der sich wie stets distanziert gegenüber dem blonden Vampir verhielt, als habe er von Anfang an geahnt, was nun kommen würde.

Guardian ließ seinen Blick durch den steinernen Saal schweifen.

Er war von der Atmosphäre, die hier in den Katakomben unter dem Glockenturm des Big Bens herrschte, immer noch so beeindruckt wie beim ersten Mal, als er vor den Rat der Alten getreten war. Sie war hoheitsvoll düster. Man spürte förmlich, daß hier die Gerichtsbarkeit der Schattenwelt herrschte. Die steinernen Decken und Wände atmeten eine geheimnisvolle Kraft aus. Er meinte, auch noch etwas von Orcus' dunklem Odem zu verspüren.

Als habe er in den Gedanken des Wächters gelesen, richtete Larvae sein Wort an Guardian. „Bevor du den Grund dieser von dir erbetenen Zusammenkunft verrätst und uns miteinander bekanntmachst, wirst du mir bestimmt etwas zu Orcus' Verbleib sagen."

Guardians blaue Augen blickten den alten Nosferatu ruhig und ohne jegliche Regung an. „Ich wüßte nicht, was ich dir dazu sagen könnte." Er räusperte sich und blickte wieder die ihm gegenüber Sitzenden an.

Er hatte sie in diese spezielle unterirdische Welt gerufen, um eine diffizile Angelegenheit zu klären, und dabei bewußt diesen Ort gewählt. Auch sinnbildlich dafür, daß es hier zu einem Machtwechsel kommen würde. Guardian wußte, er konnte auf die anderen Clans zählen, weil deren Oberhäupter nun durch den neu zu bildenden Rat an mehr Macht gelangen würden.

Er war froh und erleichtert darüber.

Nicht nur, weil der Bund der Fünf und somit die Macht des Schattenkelches dadurch gestärkt und gesichert würde; ihm war es schon immer ein Dorn im Auge gewesen, daß sich der Rat der Alten nur aus Nosferati-Oberhäuptern bildete. Das schuf ein Ungleichgewicht der Machtorgane.

„Larvae hat recht, es wird Zeit, daß ich euch miteinander bekannt mache und den Grund unserer Zusammenkunft mitteile." Er blickte den ernsten Mann direkt ihm gegenüber an. „Eurynome führt den Clan der Cemeteries an, seit ich..." Guardian lächelte weise. „„... andere Aufgaben übernommen habe."

Eurynome nickte zustimmend. Er war eine finstere Erscheinung. Markant, gutaussehend, mit dichtem dunklem Haar, von hochgewachsener, durchtrainierter Statur. Ihn umgab eine Aura der Kälte, die beinahe greifbar war.

Larvae beugte sich vor und maß Eurynome mit einem gestrengen Blick. „Der Fürst des Todes, wenn ich mich nicht irre."

„Du irrst nicht." Eurynome besaß eine feste, wohltönende Stimme, die dennoch keine Wärme enthielt.

„So bist du ja an dem richtigen Ort – tief unter den Gräbern des Brompton Cemetery!"

Larvaes höhnischer Tonfall floß wirkungslos an Eurynome ab. Er zeigte außer einem kalten Lächeln erst keinerlei Reaktion. Als aber Guardian nicht eingriff oder das Gespräch wieder an sich zog, sagte er: „Und du, Larvae, ruheloses Geistwesen, das Tote und Lebende quält und Menschen in die

Besessenheit treibt, du bist auch mehr als das Bindeglied zwischen der Gesellschaft der Menschen und der Nosferati."

Larvaes listiger Blick streifte erst Eurynome und dann die anderen. „So? Bin ich das? Was weißt du denn schon groß über mich?"

„Mehr als du denkst!" lautete die knappe und gefühllose Antwort. „Aber das tut wohl im Augenblick nichts zur Sache.

„Allerdings!" schaltete sich Guardian endlich ein. „Im Moment gibt es Wichtigeres." Sein Blick wanderte zu der eleganten, aber altertümlich anmutenden Erscheinung im weißen Rüschenhemd und schwarzen Samtanzug. „Graf Károlyi, Sie führen die Traditionalisten an. Ich freue mich, Sie in dieser Runde begrüßen zu können."

„Die Freude ist ganz auf meiner Seite", antwortete der ungarische Vampirgraf gestelzt in nasaler Stimmlage. „Es gefällt mir in Ihrer Stadt an der Themse." Er lächelte blasiert. „Hier ist der richtige Ort für die Metropole der Schattenwelt."

„Der Meinung bin ich auch!" Die rauchige Stimme der einzigen Frau in ihrem Kreise klang erotisch zu Guardian herüber.

„Meine Herren", Guardian vollführte eine Handbewegung in die Richtung der jungen Vampirin, die ein perfektes Double von Betty Page war. Ihre wohlgeformte Sanduhrfigur steckte in einem engen, kurzen, schwarzen Lederkleid, das einen Blick auf ihre schlanken und dunkelbestrumpften Beine erlaubte, deren Füße in High Heels steckten. Das lange, glatte, schwarze Haar trug die Vampirin offen, der kurze schlichte Pony verlieh ihrem Gesicht eine frech-erotische Note. „Darf ich Ihnen Lilian vorstellen. Sie führt den Clan der Jungen Wilden an", fuhr Guardian fort.

Larvae stieß einen verächtlichen Laut aus, der deutlich zeigte, was er von den Jungen Wilden hielt, und den Lilian mit einem frivolen Lachen quittierte. Sie schlug in einer gekonnten Bewegung ihre Beine übereinander und schenkte dem alten Nosferatu ein verheißungsvolles Lächeln. „Warum so unfreundlich?“ flötete sie und warf ihm einen Blick zu, der Gletscher schmelzen konnte.

Guardian machte eine beschwichtigende Geste. „Kommen wir zum Grund unseres Treffens.“ Er hielt noch einmal kurz inne. „Wenngleich wir noch nicht vollzählig sind.“

Wieder war es Larvae, der einen unzufriedenen Laut ausstieß. „Strapaziere nicht weiter unsere Geduld, Wächter!“

„Gut!“ Guardian verschränkte seine Finger ineinander. Zum wiederholten Male betrachtete er die vier ihm gegenübersitzenden Schattenwesen. Jedes gehörte einer ganz speziellen Art, einem besonderen Clan an und stand an dessen Spitze. „Ihr habt sicher schon von dem Bund der Fünf gehört.“

„Wer hat das nicht?“ Lilian lachte temperamentvoll.

„Diesem Bund stehen meine Schwester Dilara und ich vor“, fuhr der Wächter ernst fort. „Und wir haben es für nötig befunden, gewisse Gebote zu erstellen, die unsere Art sichern, aber auch für Ruhe und Ordnung innerhalb unserer Schattengesellschaft sorgen.“ Guardian lächelte hoheitsvoll, eine stille Souveränität ging von ihm aus. „Und bevor ihr fragt, woher wir dieses Recht nehmen, sage ich es euch. Der Schattenkelch verlieh es uns. Er und die Schattenchronik.“

„Den alten Wälzer würde ich zu gerne einmal sehen!“ ließ Lilian vorlaut und respektlos vernehmen.

Guardian, aber auch die anderen, gingen nicht darauf ein. Der blonde Vampir sprach ernst weiter: „Der Bund der Fünf wird den Rat der Alten ablösen.“ Er wandte sich an Larvae. „Und bevor du protestierst – es geht nicht an, daß nur ein Clan die Gerichtsbarkeit und alles weitere anführt und bestimmt. Doch wollen auch wir, der Bund der Fünf, diese Verantwortung nicht alleine tragen. Deshalb seid ihr hier.“ Guardian blickte jeden einzelnen von ihnen an. „Lilian, Eurynome, Larvae, Graf Károlyi, ihr werdet als Oberhäupter eurer Clans dem neuen Rat der Schattenwelt beiwohnen."

In den Augen des ungarischen Grafen blitzte es triumphierend auf. Der Gedanke, einem so mächtigen Rat anzugehören, gefiel ihm augenscheinlich. Auch Lilian fühlte sich sichtlich geschmeichelt. In ihrem Blick schwelte etwas, das an Machtgier erinnerte. Doch ihr hübsches Äußeres, und vor allem ihr gewinnendes Lächeln, täuschten schnell darüber hinweg. Nur Larvae und Eurynome zeigten keinerlei Reaktion.

Guardian blickte den alten Nosferatu erstaunt an. Er hatte ein scharfes Veto erwartet; daß sich Larvae so meisterlich beherrschen würde, damit hatte Guardian nicht gerechnet.

Der blonde Vampir blickte in die Richtung des Saalendes, wo die Türöffnung jeden Besucher in ein dunkles Labyrinth entließ, das sich unter dem Big Ben erstreckte.

„Es wird zu dem Fünferbund des Schattenkelches einen Fünferbund der wichtigsten Clans geben..."

„Nanu!" wunderte sich Lilian. „Wir sind aber nur vier!"

„Schlaues Kind!" Graf Károlyi tupfte sich mit einem weißen, spitzenumsäumten Taschentuch nichtvorhandenen Schweiß von der Stirn. Die Geste wirkte lächerlich und einstudiert. Ganz, als spiele der adelige Blutsauger eine Rolle.

Ein Geräusch erklang, zeitgleich, als Guardian weiterreden wollte.

Durch den langen Gang, der auf den Saal zuführte, in dem sie saßen, bewegte sich die Silhouette einer zerlumpten Gestalt.

„Das, meine Freunde..." Guardians Stimme zeigte zum ersten Mal in dieser Nacht eine vage Gefühlsregung, „ist das Oberhaupt der Outlaws, des Clans der Ausgestoßenen beider Welten." Er räusperte sich. „Fast niemand wußte bislang von ihnen, da sie nicht in Erscheinung getreten sind und sich verstecken mußten. Die meisten sind entstellt oder verstümmelt. Oder sie sind...", er wandte sich Larvae zu und maß ihn mit kaltem, wissendem Blick, „vom Ältestenrat aus der Gemeinschaft der Schatten ausgeschlossen worden. Einige haben auf den Jahrmärkten der Menschen ein kümmerliches Dasein geführt. Sie sind Kreaturen mit zwei Gesichtern, Leichenesser, von Nadeln Durchbohrte, die keinen Schmerz empfinden können."

Die Gestalt hatte den Saal betreten. „Verzeiht meine Verspätung", erklang eine rauhe Stimme tief aus der lumpigen Kleidung heraus. Dann wandte der Mann sein lepröses Antlitz, das er unter einem breitkrempigen Hut zu verbergen suchte, Guardian zu. „Du hast um den Besuch des Oberhauptes der Outlaws gebeten. Hier bin ich!"

„Wie ist dein Name?" wollte Guardian beinahe sanft wissen, als fühle er Mitleid mit dieser Kreatur.

„Er ist unwichtig. Der ihn einst trug, existiert nicht mehr. Nennt mich den Schattenwandler."

London, August 2006, LUNA-Tower

Als sie den Schalter betätigte, flammten unvermittelt grelle Neonröhren auf und enthüllten ein modernes Labor, wie es wohl niemand an diesem Ort vermutet hätte. Nicht einmal der Architekt des Towers wußte von diesem Raum, der nur mit dem Aufzug zu erreichen war, wenn man den dafür notwendigen Schlüssel besaß. Luna hatte ihre eigenen Vorstellungen von Sicherheit, und bisher hatte es sich ausgezahlt, daß sie an manchem Wissen keinen, auch nicht ihren engsten Vertrauten, teilhaben ließ.

Die Männer und Frauen, die hier unten nach ihren Anweisungen die geheime Formel ihrer einzigartigen Kosmetikserie erforscht hatten, waren mit verbundenen Augen hergeführt worden. Keiner von ihnen hatte gewußt, woran sie wirklich arbeiteten. Jeder kannte nur einen kleinen Ausschnitt des großen Plans. Das genügte, um sie sinnvoll einzusetzen.

Luna lächelte, als sie sich daran erinnerte, mit welcher Konsequenz sie ihre Ziele verfolgt hatte. Es war einfach und genial gewesen. So genial wie die Art und Weise, in der die geheime Formel in ihren Fabriken den Produkten hinzugefügt wurde, die sich ansonsten durch nichts von denen ihrer Konkurrenz unterschieden. Es bedurfte dazu nur eines winzigen Herstellungsschrittes, den sie in den Verpackungsprozeß eingefügt hatte. Eine kurze Injektion mit einer feinen Nadel, nur ein Tropfen der alkoholischen Lösung, der die phantastische Wirkung ihrer Produkte hervorrief. Wenn ihre Kundinnen allerdings gewußt hätten, aus welchem Rohstoff diese Lösung gewonnen wurde…

Lunas Lächeln bekam etwas Überhebliches, Grausames.

Ebenfalls nicht bekannt war freilich die Tatsache, daß es zu einer rasanten Alterung der Haut kam, wurden die Kosmetika von LUNATIC abgesetzt. Um diese Art von Kundenbindung hätte sie sicherlich jeder andere Hersteller beneidet.

London, August 2006, in den Katakomben der St. Paul's Cathedral

Guardian lehnte sich zurück und betrachtete die, die mit ihm den Bund der Fünf bildeten. Sie waren seiner Aufforderung zu einem Treffen in kürzester Zeit nachgekommen.

„Schön, daß ihr so eilig erschienen seid“, begann er ohne Umschweife das Gespräch. „Es gibt Wichtiges zu besprechen!“

„Na, da bin ich aber gespannt!“ ließ sich Mick vernehmen und streckte die langen Beine, die in engen Jeans steckten, lässig von sich.

Guardian ging nicht auf den lockeren Ton ein, was er aber ohnehin selten tat, weil es nicht seinem ernsthaften Wesen entsprach. „Das kannst du auch sein!“ Er nickte seiner Schwester wohlwollend zu und sah dann wieder die anderen an. Luna hatte es wie immer vorgezogen, etwas abseits Platz zu nehmen. Als wolle sie dadurch signalisieren, daß sie zwar dem Verbund angehörte, dennoch aber nicht bereit war, Nähe zuzulassen. Mick flegelte sich auf seinem Stuhl, der dicht neben Calvins stand. Dilaras Gefährte saß wie immer in aufrechter Haltung da, wirkte aber merkwürdig abwesend, was nicht seiner sonstigen Art entsprach. Er war immer ein aufmerksamer Zuhörer. Doch in dieser Nacht schien er geistig weit weg zu sein, das war nicht zu übersehen. Guardian nahm es erstaunt zur Kenntnis. Auch, daß Calvin einen gewissen Abstand zu Dilara hielt. Diese wiederum war nervöser als sonst und wirkte innerlich zerrissen. Das war wohl die Reaktion auf Calvins untypisches Verhalten, da zwischen beiden eine stark ausgeprägte Wechselwirkung herrschte.

Guardian blickte in die Runde. „Es wurde höchste Zeit, daß wir uns alle zusammensetzen. Wir bilden nun eine Allianz, und es gilt, Regeln dafür zu erstellen. Für uns – und unsere Art.“

Mick setzte sich auf und blinzelte Guardian zu. „Dann nichts wie ran an das Regelwerk. Regel Nummer eins: „Lasset schöne Frauen um mich sein.“ Der junge Cop grinste breit.

Über Guardians Gesicht huschte nun doch ein flüchtiges Lächeln. Dann zog er einen Block hervor und warf einen erneuten Blick in Dilaras Richtung. „Dilara und ich haben bereits vier Gebote erlassen.“ Die Art und Weise, wie er den Satz von sich gab, duldete keinen Widerspruch.

Doch das hinderte Luna nicht, einen zischelnden Laut des Unmutes von sich zu geben. „Wie schön, daß ihr uns so bereitwillig die Arbeit abgenommen habt.“ Wieder erklang dieser zischelnde Laut, der an eine Schlange erinnerte. „Wir wären da auch sicher überfordert gewesen!“ Ihre bernsteinfarbenen Augen blitzten den Wächter eisig an.

„Wohl kaum“, meinte dieser gelassen und überhörte geflissentlich ihren Unterton, übersah das gefährliche Funkeln in ihren Augen, das sehr deutlich war. Wieder zauberte Guardian ein flüchtiges Lächeln auf sein Gesicht. Dann tippte er auf den aufgeschlagenen Block vor sich: „Und nun zu den Geboten!“

Asien, August 2006

Der Drache verspürte tiefe Zufriedenheit, als er die Nachricht seiner Schergen studiert hatte.

Es ging voran!

Es ging *endlich* voran!

Er näherte sich unaufhaltsam seinem Ziel, der realen Umsetzung dessen, was er sich als Fünfjähriger geschworen hatte. Die Jahre der Vorbereitung, der Auskundschaftung waren vorbei.

Ein ungeheures Hochgefühl machte sich in ihm breit, ihn gelüstete es danach, seine dunklen Schwingen auszubreiten und seinen zerstörerischen Odem über die zu schicken, die seine Feinde geworden waren, in dem Augenblick, als sie seine Familie auslöschten.

„So ist es recht“, preßte er hervor, lehnte sich entspannt zurück und ließ seinen Blick durch sein geräumiges Arbeitszimmer schweifen. Es erfüllte ihn mit Genugtuung zu wissen, daß eine seiner Feinde einen fast identischen Turm wie er ihr eigen nannte. Das Herz ihres Kosmetikimperiums, das er mit Erfolg zu unterminieren begonnen hatte, befand sich darin, aber auch ihre Privatgemächer, die sie wie eine Sperrzone vor der Öffentlichkeit verborgen hielt.

Er hätte zu gerne gewußt, was sie darin versteckte.

Es mußte etwas Wichtiges sein, denn seine Späher hatten es nicht in Erfahrung bringen können. Auch wenn sie schon näher an sie herangekommen waren, als sie es ahnte.

Genau das erhöhte den Reiz des Spieles.

Der Drache gab einen triumphierenden Laut von sich.

Genau so wollte er es.

Es genießen.

Ihm war nicht danach, seine Feinde schnell zu vernichten. Er hatte so lange auf diesen Moment gewartet, daß er ihn bis ins kleinste Detail auskosten wollte. Es gab viele Arten zu töten. Besonders diese Kreaturen, die ihn – zugegebenermaßen – verblüfften. Er hätte sich niemals vorgestellt, daß sie zum Beispiel enge Verbindungen eingingen, aber genau das war der Fall.

Der Drache lächelte versonnen, als seine Gedanken wieder in das ferne London schweiften. Er sah einen hohen Büroturm vor seinem geistigen Auge und dachte an die uralte Seele, die dort hauste und ihre Macht ausübte.

Noch ausübte.

Es erfüllte ihn mit beinahe kindlicher Freude zu beobachten, wie es sie immer mehr beunruhigte, sich einer unsichtbaren

Gefahr gegenüber zu sehen. Deutlich war zu erkennen, daß sie es gewohnt war, Einfluß auszuüben. Es würde ihm ein besonderes Vergnügen bereiten, ihr dies erst zu nehmen, um sie dann für seine Zwecke zu benutzen, denn gerade ihre Machtgier war ihr wunder Punkt.

Der Mund des Drachens preßte sich zu einem schmalen Strich zusammen.

Luna Sangue, dachte er, deine zerrissene Seele wird mich an die heranführen, die es vorrangig zu vernichten gilt, um eure Art auszurotten!

London, August 2006, in den Katakomben der St. Paul's Cathedral

Man hätte die sprichwörtliche Stecknadel fallen hören können, so still war es in der Bibliothek des unterirdischen Reiches, das Guardian nun sein eigen nannte.

Der blonde Vampir räusperte sich. „Beginnen wir mit etwas sehr Wesentlichem für unsere Art. Was uns erst zu dem macht, was wir sind..."

„Dem Kuß der Verdammnis!" Mick setzte sich noch ein Stückchen weiter aufrecht. „Jetzt wird es spannend!"

Dilara warf ihm einen erstaunten Blick zu, und wieder einmal wurde ihr bewußt, wie wenig sie über den Vampircop und Voodoopriester wußten. Wer hatte ihn in die Schattenwelt geholt? Die Frage war mehr als berechtigt, denn Mick wirkte gerade so gespannt, als wisse er wirklich nicht genau, was es mit dem Kuß auf sich hatte.

Der Wächter schenkte seiner Schwester ein gewogenes Lächeln und blickte dann in die Runde. „Es ist nur bestimmten Vampiren vorbehalten, den Kuß aufzuhauchen." Wieder lächelte er Dilara an. „Du hast, als du Calvin erwählt hast, dagegen verstoßen."

Dilaras Strahlen hätte nicht verheißungsvoller sein können. „Ich weiß!" sagte sie und schenkte Calvin einen Blick, der all ihre Gefühle für ihn ausdrückte. „Aber es war mir den Ärger mit Antediluvian und die Ächtung durch den Rat der Alten wert."

Luna schnaubte abschätzig und warf Guardian einen herausfordernden Blick zu. „Und wer sind diese Auserwählten, die den Kuß geben dürfen?"

Guradian hob beschwichtigend die Hand. „Darauf komme ich zu einem späteren Zeitpunkt zu sprechen!" Luna öffnete den Mund zum Protest, aber Guardian sprach bereits ruhig weiter. „Kommen wir zum Akt des Tötens!" Er räusperte sich. „Der sollte einer gewissen Ethik unterworfen sein!" Er blickte Luna kühl an. „Und bevor du jetzt wieder einen Laut der Mißbilligung von dir gibst, es stünde dir gut zu Gesicht, ihn dir zu verkneifen!"

Dilara sah ihren Bruder überrascht an. Es war das erste Mal, daß er Luna so deutlich vor allen anderen maßregelte. Was sie aber noch mehr erstaunte, war die Tatsache, daß sich diese wirklich jeglicher Reaktion enthielt.

„Das Töten von Menschen ist zwar erlaubt. Aber es sollte nicht wahllos geschehen. Diejenigen sollten geschont werden, die neues Leben in sich tragen oder gerade erst am Anfang ihres Lebens stehen." Guardian blickte in die Runde. „Irgendwelche Einwände?" Als sich niemand zu Wort meldete, fuhr er fort: „Kommen wir zu einem wesentlichen Punkt: dem Töten von Artgenossen."

„Jetzt wird es spannend!" Micks Augen funkelten wie kochende Bronze.

„Das Töten von Artgenossen ist natürlich grundsätzlich verboten.“

„Na, das liegt auf der Hand“, konnte sich Mick nicht verkneifen

Calvin nickte.

„Aber wenn ein netter Artgenosse darauf pfeift und mir den Garaus machen will, kann ich mich wohl kaum in mein Los ergeben“, feixte Mick weiter.

„Natürlich nicht, Notwehr ist erlaubt.“

„Wie beruhigend!“ Mick grinste.

„Darüber hinaus droht dem Zuwiderhandelnden die Verbannung in das *Ewige Nichts.*“

Wieder einmal gab Luna zischelnde Laute von sich. Doch dieses Mal schwang eine Art Furcht darin mit. „Das Ewige Nichts?“ fragte sie, und ihre Stimme bebte merklich.

Gute Vorstellung, dachte Mick amüsiert, das ist ja oscarreif. Doch als er sich zu ihr herumdrehte, sah er in ihrem Blick echte Furcht. Nur kurz, aber deutlich erkennbar, dann fand sie wieder zur ihrer sonst so kühlen Haltung und Fassung zurück. Ihr dunkelroter Mund verzog sich zynisch. „Und wer, bitte schön, entscheidet darüber?“

„Die neue Gerichtsbarkeit“, sagte Guardian ruhig. „Also die zehn des neuen Rates.“

„Wie praktisch!“ entfuhr es Luna spitz. „Da sind wir ja mittendrin!“

„Kannst du auch einmal etwas beitragen, das der Sache – *unserer* Sache – dient?“ fuhr Mick sie an. Allmählich ging ihm Luna Sangues Gehabe auf die Nerven.

Der Blick, den Calvin ihm zuwarf, zeigte deutlich, daß er ebenso empfand. „Das finde ich auch!“ pflichtete er Mick in nüchternem Tonfall bei.

„Mein Einwand war durchaus berechtigt“, meinte Luna spitz.

„Was ist zum Beispiel, wenn einer des neuen Rates einen Artgenossen tötet?"

„Na, dann richten die restlichen neun." Mick sah zu Dilara. Sie war bisher sehr ruhig geblieben, was nicht ihrem sonstigen Naturell entsprach. Etwas schien sie zu beschäftigen und zu belasten. Micks Blick wanderte zu Guardian. „Ich nehme an, daß der Kelch in deiner Obhut verbleibt, Wächter."

Der blonde Vampir nickte. „Sein Gebrauch bleibt nur uns vorbehalten."

Mick grinste breit. „Den auserwählten Fünf sozusagen."

Guardians Gesichtszüge erhellten sich. „Sozusagen!" Ernster wandte er sich an Calvin. „Wobei deine Rolle immer noch nicht vollends klar ist."

„Ich weiß!" sagte der leise und dachte wieder an seine Mutter und daran, daß sich ein zunehmend unwohles Gefühl in ihm ausbreitete, wenn er sich fragte, welchen wahren Ursprung er hatte. Auch seine Position in dieser Allianz untermauerte diese Frage.

„Wir werden die Macht des Schattenkelches aber auch nutzen, wenn Interessen der gesamten vampirischen Rasse in Gefahr sind. Dieser Fall wird dann jeweils von dem Rat der Fünf besprochen. Ist soweit alles klar?" fragte Guardian mit fester Stimme in die Runde.

Dilara erfüllte es immer wieder mit Erstaunen, wie souverän er auftreten konnte, und sie fragte sich einmal mehr, warum ausgerechnet sie mit ihm das *Starke Paar* bildete, das den Bund der Fünf anführen sollte. Darüber hinaus nahm sie sich vor, endlich mehr über ihren Bruder und ihrer beider Herkunft zu erfahren. Und Mick kann mir sicher dabei helfen, schließlich kann er mit Verstorbenen Kontakt aufnehmen, dachte sie.

Dilara zuckte zusammen, als sie Calvins Empfindungen spürte. Auch sein Wunsch, mehr über seine Ahnen herauszufinden, pulsierte immer stärker in ihm. Aus einem unerfindlichen Grund bereitete ihr das manchmal Angst.

Guardian unterbrach ihre Gedanken. „Das letzte Gebot liegt auf der Hand und in der Natur der Sache: Die Existenz der vampirischen Rasse ist um jeden Preis geheimzuhalten. Menschliche Zeugen müssen – wenn die Gefahr besteht, daß sie ihr Wissen weiterverbreiten und man ihnen Glauben schenkt – zum Schutz des Geheimnisses getötet oder in Ausnahmefällen in das Reich der Schattenwesen geholt werden."

Mick wartete förmlich auf Lunas ironisches. „Wie praktisch!", aber es blieb aus.

Dafür warf sie in den Raum: „In der Regel werden Gebote irgendwo manifestiert", und hatte ihr ineffektives Verhalten aufgegeben. Wenigstens für den Moment.

„So auch in diesem Fall. Ich werde Antediluvians Aufzeichnungen weiterführen und dort die Gebote festhalten!"

London, August 2006, Scotland Yard

Dr. Peter Grean saß mit verkniffenem Gesichtsausdruck hinter seinem Schreibtisch und starrte sein Telefon beinahe wütend an. Wieder einmal hatte er vergeblich versucht, mit Mick Bondye Kontakt aufzunehmen. Und wieder einmal hatte dieser sein Handy abgeschaltet. Das geschah in letzter Zeit häufiger und machte Dr. Grean zunehmend mißtrauisch. Mick Bondye zeigte sich immer widersprüchlicher, auch was Cassandra Benedikts Verschwinden anging. Das ließ ihn sonderbarerweise unbeeindruckt, entgegen seiner sonst immer ausgeprägten Einsatzbereitschaft.

Vielleicht ist er nicht der Typ, der Gefühle zeigt, dachte Dr. Grean, schalt sich aber im selben Atemzug einen Narren. Das oftmals unbeherrschte Auftreten des Cops ließ diesen Schluß nicht zu. Also mußte seine merkwürdige Zurückhaltung andere Gründe haben.

„Der Bursche weiß mehr, als er zugibt", brummelte der Leiter der Sondereinheit und nahm sich vor, Mick Bondye mal gehörig „auf den Zahn" zu fühlen. Etwas war ihm an dem zugegebenermaßen Besten seiner Leute von Anfang an nicht geheuer vorgekommen. Ohne daß er näher hätte begründen können, was genau ihn an Mick so stutzig machte. Vielleicht die Tatsache, daß er mir von höchster Stelle aufs Auge gedrückt worden ist, dachte er mit einem Anflug von Galgenhumor. Doch der verflog rasch wieder. Zusätzlich zu der äußerst brutalen und mysteriösen Mordserie waren nun auch schon zwei seiner Untergebenen in Mitleidenschaft gezogen worden. Greg Lane war tot und Cassandra Benedikt verschollen. Nun kam Scotland Yard allmählich in Erklärungsnot.

Das muß ein Ende haben, dachte Dr. Grean, als das Telefon läutete.

Als er sich meldete, breitete sich sofort ein unangenehmes Gefühl in seiner Magengegend aus, das er bei der folgenden Nachricht bestätigt sah.

„Wie bitte?" fragte er fassungslos. „Höre ich recht? Zehn Tote? *Zehn*?"

„Ja, Sir", erklang es leise und zögerlich. Man merkte dem Detective seinen Schock deutlich an.

„Wo?"

„In Chinatown!"

„Wie bitte?" Dr. Grean glaubte seinen Ohren nicht zu trauen. Er hatte nach dem ersten Schock darüber, daß es gleich zehn weitere Tote zu beklagen gab, mit Ritualmorden aus der Düsterszene gerechnet, oder kollektivem Selbstmord irgendwelcher verquerer Sektenangehöriger. Aber Morde in Chinatown? Was hatte das zu bedeuten?

„Die Toten wurden in Chinatown gefunden, Sir. Allerdings..."

„Das habe ich verstanden!" fauchte Dr. Grean für seine Verhältnisse unbeherrscht los. „Ich bin weder schwerhörig noch begriffsstutzig!"

„Ja, Sir... ich...", stammelte der wackere Detective.

„Was ich brauche, sind Fakten. Wo wurden die Leichen gefunden? Wie sind sie zu Tode gekommen, et cetera et cetera. Alles, was sich jetzt schon sagen läßt!"

„Sie wurden im *ehemaligen* Chinatown gefunden."

„Wo?" Greans Stimme glich einem Orkan, der immer mehr anschwoll. So wie die klopfende Ader an seinem Hals.

„Sie wurden im alten Chinatown in der Limehouse Region gefunden... in einer dieser ehemaligen Opiumhöhlen."

Sein Vorgesetzter sah das Elendsviertel förmlich vor Augen und stöhnte bei dem Gedanken, wie sich die Medien auf diese Story stürzen würden. Was daraus resultierte, lag auf der Hand: Sein Chef würde ihm Feuer unter dem Hintern machen.

„Was sonderbar ist, Sir", stotterte der Detective in Greans Überlegungen, „sie haben alle so ein merkwürdiges Zeichen auf der Hand."

Warum erstaunt mich das nicht?, dachte Dr. Grean und lächelte gequält. „Und welches Zeichen?"

„Da es recht klein ist, kann ich es derzeit nicht sagen, weil wir es noch nicht richtig erkennen konnten, aber wir haben Fotos gemacht. Wenn wir die vergrößern, kann man sicher..."

„Schon gut, schon gut", fuhr Dr. Grean genervt dazwischen und verlor in dem Moment endgültig seine gute Erziehung.

„Bewegen Sie Ihren Arsch zu mir, und schaffen Sie mir vor allen Dingen Bondye ran!“

London, August 2006, in den Katakomben der St. Paul's Cathedral

„Als erstes werden wir also den Rat der Alten auflösen und seine Stelle einnehmen!“ bestimmte Guardian.

Luna verzog geringschätzig ihre Lippen. „Das wurde auch allerhöchste Zeit, diese verstaubten Konventionen niederzureißen.“

Guardian sah sie strafend an, doch Mick kam ihm zuvor. „Du vergißt, daß wir den neuen Rat nicht alleine bilden.“ Er grinste Luna an. „Und ich glaube, das ist auch besser so!“

Ihr Blick hätte nicht eisiger sein können. „Was soll das heißen?“ herrschte sie den Cop an.

Mick zeigte sich unbeeindruckt von ihrer aufbrausenden Art und fragte sich, wie er diese Frau jemals anziehend hatte finden können.

Ein engelsgleiches Antlitz kam ihm in den Sinn – mit hellblondem Haar und einer weißen Strähne. Doch Lunas Worte verscheuchten Delphines Bild.

„Was das heißen soll, fragst du?“ Sein Blick hielt ihrem eisigen lässig stand. „Das liegt doch auf der Hand. Die Führer der mächtigsten Clans würden es kaum kampflos schlucken, wenn wir über sie verfügen und ihnen auf der Nase herumtanzen.“ Luna lachte verächtlich, was Mick aber geflissentlich ignorierte und weitersprach: „Es dient auch unserer Sicherheit.“ Er legte eine bedeutsame Pause ein. „Und vor allem der Sicherheit des Schattenkelches!“

Guardian nickte. „Genauso ist es.“ Er warf Luna einen warnenden Blick zu. „Sicherheit, die auch dir zugute kommt. Gerade jetzt, wo dein Konzern untergraben wird, wie du uns berichtet hast.“ Er wunderte sich, daß sie nicht widersprach oder Empörung zeigte. Daß sie es nicht tat, sondern seinen Hinweis kommentarlos schluckte, zeigte, wie verunsichert sie wegen der Geschehnisse um sie herum wirklich war – entgegen ihrer zur Schau getragenen distanzierten und selbstsicheren Fassade.

Sie sah Mick kühl von der Seite an, aber in ihren Augen glomm ein erkennbares Feuer. „Es wäre hilfreich, wenn du dir einmal die Fakten ansehen würdest, die meine Berater zusammengetragen haben.“

In gespielter Fassungslosigkeit riß Mick die Augen auf und klopfte sich mit den Händen auf die Schenkel. „War das da grade eine Bitte? Daß ich das noch erleben darf!“ Luna atmete tief ein, um etwas Harsches zu erwidern, doch Mick sprach bereits ernst weiter. „Aber du hast recht. Diese Asiaten sind mir nicht geheuer. Ich werde das Gefühl nicht los, daß mehr dahinter steckt.“

„Dann wäre es in der Tat sinnvoll, wenn du Lunas Recherchen unterstützen würdest, Mick“, ergriff Guardian wieder das Wort: „Und nun laßt uns gemeinsam darüber nachdenken, wie wir den Rat der Alten absetzen! Es wäre gut, wenn wir Larvae in unserem neuen Rat beließen. Larvae brachte mir von Anfang an Mißtrauen entgegen, daher ist es mir wohler, wenn wir ihn im gewissen Sinne unter Kontrolle haben.“

London, August 2006, Park Lane

„Was hast du da?“ fragte Dilara, als sie das Zimmer betrat.

Calvin antwortete nicht sofort. Auf dem Tisch vor ihm lag ein aufgeklappter Koffer, der Papiere, Schreibutensilien und Fotografien enthielt. Der langhaarige Vampir hielt ein Bild in der linken Hand, mit der Rechten stützte er seinen Kopf ab.

„Was bereitet dir Kopfschmerzen?“

„Wie? Oh, entschuldige, ich war nicht bei mir.“

„Das habe ich gemerkt. Und…?“

„Was und?“ Calvin sah sie verwirrt an.

„Na, was ist es? Was beschäftigt dich so in letzter Zeit.“

Calvin legte das Foto zögernd auf den Tisch. „Du weißt ja, daß mein Vater amerikanischer Staatsbürger ist… *war*. Er kann nicht einfach so verschwinden, ohne daß jemand Fragen stellt. Ich habe das Zimmer, das er zuletzt bei seinen Freunden in London bewohnt hat, leergeräumt und ihnen erklärt, daß er wegen dringender Geschäfte unbedingt nach Santa Barbara zurück mußte. Sie haben es mir abgenommen, aber wenn sie nichts von ihm hören, werden sie bestimmt mißtrauisch werden. Das wenige, das er mitgebracht hat, habe ich entsorgt. Aber dieser Koffer ist interessant. Er enthält eine Menge wichtiger Dokumente und Fotos.“

Dilara trat näher an Calvin heran und sah über seine Schulter hinweg eine Reihe von Bildern, die er vor sich ausgebreitet hatte: Bilder, die seine Eltern zeigten oder ihn selbst, als er noch ein kleiner Junge gewesen war – aus anscheinend glücklicheren Tagen. Das Glück hatte nicht lange gewährt.

„Ich frage mich, warum er dieses Bild aufbewahrt und das alles mit nach London gebracht hat.“ Calvin streckte seiner Gefährtin das Foto entgegen, das er bei ihrem Eintreten betrachtet hatte. Es handelte sich um eine vergilbte, blasse Fotografie mit altmodischem Zierrand. Dilara sah darauf ein Ehepaar mittleren Alters. Die Frau trug ein Kleinkind auf dem Arm. An der Hand des Mannes hielt sich ein vier- bis fünfjähriges Mädchen fest. Etwas abseits davon stand noch eine fünfte Person. Eine Frau in einem langen Kleid, das Gesicht durch einen Hut mit schwarzem Schleier vor der Sonne geschützt.

Im Hintergrund waren eine Strandpromenade und ein Karussel zu sehen.

Die Menschen auf dem Bild waren altmodisch und ganz in Schwarz gekleidet. Sie blickten ernst und verschlossen in die Kamera – ihnen schien das Ganze zu mißfallen.

Dilara stellte eine große Ähnlichkeit zwischen der Frau und Calvins Mutter auf den neueren Bildern fest.

„Es müssen die Eltern meiner Mutter sein, ihre Großmutter vielleicht, und ihre Schwester. Ich wußte nicht einmal, daß ich eine Tante habe." In Calvins Stimme schwang Erregung mit.

Dilara drehte das Bild um: „Guck mal, hier steht was!" rief sie, von der Stimmung ihres Gefährten angesteckt.

Calvin riß ihr das Foto förmlich aus der Hand. Stirnrunzelnd las er vor, was mit dünnem Bleistift auf der Rückseite geschrieben stand: *„Brynddumaen, Sommer 1944"*.

„Und? Was bedeutet das?" wollte Dilara ungeduldig wissen.

Calvin schien ratlos.

Doch dann fiel ihm ein, daß die Vorfahren seiner Mutter in Wales gelebt hatten.

„Ich habe Mutter ein-, zweimal davon sprechen gehört. Das ist der Ort, an dem sie geboren wurde. Doch soviel ich weiß, ist sie in den Staaten aufgewachsen." Calvin legte das Bild zu den anderen. „Und da hat sie dann meinen Vater kennengelernt. Mir kommt da gerade ein Gedanke…"

„Und welcher?"

„Was, wenn sie nach ihrer Trennung nach Wales zurückgekehrt ist?“

Calvin konnte nicht verstehen, wie es möglich gewesen war, daß er sich nicht viel früher für das Schicksal seiner Mutter interessiert hatte. Noch während er sich die Frage stellte, ahnte er bereits die Antwort. Sein Vater mußte auf eine teuflische Art und Weise das Aufkommen jeden Interesses an ihr unterdrückt haben. Als er Calvin dann auf ein englisches Internat schickte, hatte dieser seine Mutter beinahe vollkommen vergessen. Aber war es nicht mindestens ebenso merkwürdig, daß eine Mutter ihr Kind verließ, ohne sich früher oder später nach seinem Schicksal zu erkundigen?

Soviel er wußte, war ihr Nachname Athed gewesen, bevor sie seinen Vater geheiratet hatte. Möglicherweise hatte sie diesen Namen nach ihrer Trennung wieder angenommen. Das war ein wichtiger Anhaltspunkt für ihn.

Calvin spürte, daß er nun nicht eher ruhen würde, bis er das Rätsel um ihr Schicksal gelöst hatte. Zum ersten Mal verstand er wirklich, was es für Dilara bedeuten mußte, sich großer Teile ihrer Vergangenheit nicht erinnern zu können.

London, August 2006, auf dem Dach des LUNA-Towers

Vier dunkle Schwingen bewegten sich majestätisch durch die sternenglitzernde Dunkelheit der Nacht, trugen die zwei Schattenwesen über London hinweg auf einen mondbeschienenen Turm zu, der sich wie ein modernes Monument der Macht in den Himmel erhob. Die beiden Schemen wurden geradezu magisch von ihm angezogen. Der Wind trug sie in sanften, rhythmischen Böen an den LUNA-Tower heran und ließ sie sachte auf der Dachterrasse landen.

Es war eine besondere Nacht.

Alles in ihr war mit einem stillen, aber intensiven Leben erfüllt, das auch die beiden Schemen umhertrieb. Dicht nebeneinander nahmen sie Gestalt an und blickten engumschlungen hinab auf die Stadt.

Regen benetzte in sanften Perlen Dilaras Gesicht, das sie dem nun nicht mehr tödlichen Naß bereitwillig entgegenhielt, als wolle sie die innere Hitze und Unruhe, die sich ihrer bemächtigt hatte, dadurch abkühlen.

Dilara ließ Calvins Taille los und breitete die Arme aus. „Ist das nicht wundervoll?“ rief sie mit ihrer erotischen Samtstimme, die immer noch Lust in Calvin weckte. So wie ihr Anblick, der von Tag zu Tag mehr Widerhall in ihm erzeugte. Wie sie vor ihm stand, mit dem sanften Hüftschwung, den grünblitzenden Augen, die dichtbewimpert unter dem stolzen Schwung ihrer dunklen Brauen leuchteten. Wie zwei Signalfeuer, die ihn magisch anzogen. Eine widerspenstige Haarlocke fiel ihr in die Stirn und verlieh ihr etwas Verwegenes, das Calvins Blut in einen zentralen Punkt seines Körpers schickte.

Ein zärtlicher Zug spielte um Dilaras Mund, als sie ihren Gefährten mit verhangenem Blick ansah – unverhohlen sinnlich und auffordernd.

Calvin spürte, wie sich sein Körper regte, und er ging einen Schritt auf sie zu. Der Wunsch, sie zu lieben, wurde übermächtig.

Die Sprache seiner Augen ließ Dilaras Herz schneller schlagen. Sie wollte etwas sagen, als Calvins Rechte ihre Taille umfaßte, und er Dilara mit einer heftigen Bewegung erneut an sich zog. Seine Lippen preßten sich drängend auf ihre, die sie ihm bereitwillig öffnete. Sein Kuß war anders als sonst – wilder, ungestümer. Und er trug eine Spur Abschied in sich, die in Dilara eine noch tiefere Leidenschaft weckte. Sie spürte seine Zunge an ihrer und preßte ihren schlanken, aber weichen Körper an ihn, mit einer Wildheit, die augenblicklich seine Lust auf sie erhöhte. Eng aneinandergepreßt taumelten sie gegen einen Mauervorsprung, der den Treppenaufgang zum Dach verbarg. Calvins Rücken prallte förmlich gegen die Steinwand, als sich Dilara seiner bemächtigte, ihn und sich in Windeseile ihrer Kleidung entledigte und Calvin dabei immer wieder küßte, sich in seiner Unterlippe und seinem Hals verbiß. Ihre ruhelosen Hände fuhren über seine Haut und erkundeten seinen nackten Körper, als stünde er ihr das erste und letzte Mal gegenüber. Als er sie zitternd vor Erregung an sich ziehen wollte, entzog sie sich ihm. Ihr Mund wanderte an seinem Nabel abwärts und umschloß seine Härte. Kniend küßte sie ihn, dann fuhr ihre Zunge an dem harten Schaft entlang, entlockte Calvin heisere Klagelaute, die anschwollen, als sich ihre Lippen über seine pulsierende Männlichkeit senkten und sanft daran sogen.

Er schloß die Augen und genoß das Gefühl, in ihrem feuchten Mund zu sein. Als seine Erregung den Grad der Unerträglichkeit erreichte, zog er Dilara wieder an sich, bedeckte sie nun seinerseits mit Küssen, biß leidenschaftlich in ihre erhärteten Brustwarzen und erregte sich an den lustvollen Lauten, die sie ausstieß.

Mit einem heiseren Stöhnen sank er mit ihr zu Boden, wälzte sich mit ihr auf dem nassen Bodenbelag, als wolle er damit verdeutlichen, daß ihnen das nichts mehr anhaben konnte.

Dilaras fraulicher Körper schmiegte sich an ihn und bildete eine perfekte Einheit mit ihm. Dann sah er in ihren Augen das Flackern, das ihm den Grad ihrer wachsenden Erregung verriet. Auch ihre kehligen Laute und ihr wollüstiges Stöhnen wurden intensiver. Sie vollzog eine geschickte Drehung, brachte ihn unter sich, setzte sich rittlings auf ihn.

Calvin nahm nur noch die rhythmischen Bewegungen ihres Beckens, das Wippen ihrer weißen Brüste in der Dunkelheit und ihr Keuchen wahr.

Geschickt vermochte sie es, immer dann, wenn er sich in ihr verlieren wollte, das Tempo zu drosseln, um ihn dann wieder voranzutreiben. Calvin fühlte sich ihr ausgeliefert, und nichts erschien ihm in diesem Augenblick wünschenswerter.

Dilara spürte das, und während das Kreisen und die Bewegungen ihres Beckens zunahmen, lächelte sie entrückt, aber auch zufrieden. Und sie trieb ihn weiter und weiter... als wolle sie ihm signalisieren: Du gehörst zu mir, wo auch immer du bist! Du gehörst zu mir und kannst dich nicht von mir lösen.

Als sich Calvin mit einem gutturalen Laut in sie ergoß, schlug die Große Glocke des Big Ben zwölfmal.

Asien, August 2006

Der Drache wandte sich dem Fenster zu, versuchte, den Gleichmut, den man seinem Volk nachsagte, wiederzugewinnen. Aber es gelang ihm nicht. Seine ganze Haltung drückte Spannung, Entschlossenheit und Unnachgiebigkeit aus.

Die Nachricht, die ihm einer seiner Kundschafter überbracht

hatte, stimmte ihn nicht gerade heiter. Sie zeigte deutlich, daß es an der Zeit war, sich selbst in die Metropole zu begeben, in der sich die Anführer der mächtigsten Clans und dieses verdammungswürdigen Bundes befanden, ihr Unwesen trieben und wie kriechender Efeu die Welt überzogen.

Er hatte geahnt, daß es ein Kampf gegen eine Hydra werden würde. Schlug er eines ihrer Häupter ab, so wuchsen an dessen Stelle zwei neue nach.

Der Vergleich amüsierte ihn. Auch seine eigene Organisation glich ihr.

Gegner, die ihn unterschätzten, zahlten bald darauf für ihre Fehler. Meist mit ihrem Leben. Darin unterschied er sich nicht von denen, die er bekämpfte.

Er wandte sich von dem faszinierenden Panorama ab, das die unter ihm liegende Stadt bot, und trat an einen wuchtigen, mit Schnitzereien reich verzierten Schreibtisch, der – wie der gesamte Raum – eine unentschlossene Mischung aus Moderne und fernöstlicher Tradition darstellte. Er wollte die Hand nach seinem Telefon ausstrecken, überlegte es sich plötzlich anders, trat wieder an das Fenster seines hohen Büroturmes und blickte erneut auf die Stadt hinab, die so viele Gesichter hatte... und sein drittes Auge sah eine Frau vor sich – schön, stolz und mit schwarzem Blut in den Adern.

Auch sie stand am Fenster eines hohen Turmes und schaute hinab auf eine Stadt. Auch sie war eine, die gerne beherrschte und die auf die Welt gekommen war, um sie sich untertan zu machen. Und somit alle, nach denen es sie gelüstete.

Der Drache knurrte abfällig, als er die Augen der Frau sah: Sie waren bernsteinfarben und seelenlos.

„Das Spiel ist eröffnet", zischte es zwischen seinen Lippen, die einen dünnen Strich bildeten, und er wandte sich abrupt ab.

WENN DU LOSLÄSST, HAST DU ZWEI HÄNDE FREI

London, August 2006, LUNA-Tower

Luna Sangue war mit ihrer Wahl sehr zufrieden. Mike O'Connell löste die Probleme, die sein Vorgänger hinterlassen hatte, rasch, effizient und diskret. Im Gegensatz zu Garimont hatte er keine Probleme mit ihren ansonsten mehrheitlich vampirischen Mitarbeitern. Sie war sich nicht ganz klar darüber, ob er überhaupt ahnte, mit wem er es zu tun hatte. Er sprach sie nie darauf an, stellte ohnehin niemals überflüssige Fragen oder versuchte, sie zu belehren.

Als er sie an diesem Morgen anrief, schwang jedoch eine ungewohnte Aufregung in seiner Stimme mit. Er bat sie um ein Gespräch und stellte ihr einen Durchbruch in der Problematik der Produktpiraterie in Aussicht.

Seine Emotionen übertrugen sich sofort auf Luna.

Sie war überrascht, daß er Dr. Malinkow mitbrachte, den Leiter ihrer Entwicklungsabteilung. Der russische Vampir, den ihre Leute völlig entkräftet in einem von Menschen längst verlassenen Dorf an der Barentssee gefunden hatten, führte einen Koffer mit sich, in dem sie, als er ihn auf ihrem Schreibtisch öffnete, ein kleines Labor mit einem leistungsstarken Mikroskop erkannte.

O'Connell nickte ihr zu: „Unser Widersacher betreibt einen Aufwand, der in seiner Branche unüblich ist, Miß Sangue."

Luna trat an das Mikroskop, als Malinkow ihr zu verstehen gab, daß er den gesuchten Bildausschnitt eingestellt hatte. „Uns ist nicht ganz klar, warum er das tut. Diesen Leuten ist normalerweise nur eines wichtig: möglichst billig zu produzieren. Und das gelingt ihnen durch die gnadenlose

Ausbeutung ihrer Arbeitskräfte, den Einsatz billigster Rohstoffe…“

Er setzte seine Ausführungen weiter fort, doch sie hörte ihm nicht mehr zu. Sie war ganz nahe an den Tubus herangegangen. Das, was O’Connell und Malinkow entdeckt hatten, sprang sie geradezu an.

Im Glas, mit dem bloßen Auge nicht sichtbar, war unter tausendfacher Vergrößerung eine fein gearbeitete Gravur zu erkennen. Die gewundene, geflügelte Figur hatte vier Klauen und war von Schuppen bedeckt. Ihre Zunge ragte weit aus dem zähnestarrenden Maul heraus.

Ein Drache!

Luna zuckte unwillkürlich zusammen. Sie fühlte, daß die Bedrohung, der sie sich ausgesetzt sah, weit über die Grenzen ihres Imperiums hinausreichte. Es ging nicht um ihre Firma, sondern um ihre *Rasse*.

„Ist Ihnen dieses Bild schon einmal begegnet?“ fragte O’Connell.

Luna schüttelte zögernd den Kopf: „Es ist, als beabsichtige er, daß wir wissen, wer er ist. Wann wird er uns seine wahre Identität offenbaren?“

„Ich fürchte, das wird genau dann sein, wann er es selbst wünscht. Wenn es in seine Pläne paßt. Welche auch immer das sein mögen.“

London, August 2006, Paddington

Mick streckte sich genüßlich auf seinem Sofa aus. Aaah, dachte er, endlich frei, verschränkte die Arme im Nacken, blickte an die Decke und hing seinen Gedanken nach. Doch nicht lange. Etwas flatterte mit dem Nachtwind durch das geöffnete Fenster in das Zimmer und nahm direkt neben Mick Gestalt an. Der Cop fuhr mit einem lauten „Verflucht!“ auf und starrte die schlanke, langhaarige Gestalt in der schwarzen Bekleidung an: „Calvin!“ Mick setzte sich auf und fuhr sich mit beiden Händen durch das kurze Haar. „Du hast eine Art, von jetzt auf gleich aufzutauchen“, er grinste frech, „du könntest glatt ein Vampir sein.“

Calvin lachte schallend und warf den Kopf zurück, so daß seine langen Eckzähne im Licht der schummrigen Deckenbeleuchtung glitzerten. Schnell wurde er wieder ernst. „Ich muß mit dir reden, Mick!“ sagte er und setzte sich neben den Cop, bevor ihn dieser auffordern konnte, Platz zu nehmen.

„Was du nicht sagst. Ich dachte, du wärest rein zufällig hereingeflattert.“ Calvins Blick vertrieb Micks humorvolle Ader. „Welche Laus ist dir über die Leber gelaufen, Kumpel?“ Er klopfte Calvin so kraftvoll auf den Rücken, daß der junge Vampir fast vornübergefallen wäre. „Streit mit der schönen Dilara? Hat sie dich des Hauses verwiesen?“ Mick schien dieser Gedanke zu gefallen. „Du kannst gerne bei mir unterschlüpfen, wenn dich der ein oder andere Damenbesuch nicht stört.“

„Mick!“

Der Angesprochene hob gespielt abwehrend die Hände. „Schon gut, schon gut, du bist aber heute dröge.“

„Das hat einen Grund.“

Der Klang von Calvins Stimme ließ Mick aufhorchen. „Schieß los, was hast du auf dem Herzen?“ fragte er plötzlich alarmiert. Calvin war zwar immer ein ernsthafter Zeitgenosse, dennoch fiel er auch gerne in Micks lockere Scherze ein. Daß diese jetzt so offensichtlich an Calvin abprallten, mußte wirklich einen triftigen Grund haben. „Also, was ist los?“ Seine bronzenen Augen musterten den Vampir.

„Es geht um Dilara“, begann Calvin zögernd.

„Dachte ich es mir!“

„Ich werde sie verlassen!“

Mick riß ungläubig die Augen auf. „Du wirst *was*?“ fragte er fassungslos.

„Sie verlassen.“ Nun huschte doch ein flüchtiges Lächeln über Calvins Gesichtszüge. „Für eine Weile.“

„Für eine Weile?“ Mick beugte sich vor und taxierte Calvin. „Was soll das heißen?“

„Ich muß endlich wissen, was aus meiner Mutter geworden ist, und mir meiner Herkunft bewußt werden.“ Er zögerte, als wäge er ab, ob er Mick erzählen sollte, was ihn bewegte. „Als mir Dilara den Kuß der Verdammnis aufhauchte und mich in ihre Schattenwelt holte, war mir diese nicht so fremd, wie sie es eigentlich sein sollte.“

„Hm“, machte Mick nur und dachte angestrengt nach. „Du meinst, es war dir *vertraut*?“

Calvin nickte.

„Hm“, kam es wieder von Mick, der mit einem Mal nicht sehr gesprächig war. „Und wohin verschwindest du?“

„Nach Wales.“

„Wann fährst du?“

„Morgen!“ antwortete Calvin knapp.

„So bald?“ Micks sonderbare Augen blitzten ihn irritiert an.

„Ja, es ist nötig.“ Calvin strich sich die langen Haare zurück. „Ich habe viel zu lange gezögert, nach meiner Mutter zu forschen, ganz so, als hätte ich Furcht vor dem, was ich über sie und ihre Familie erfahren würde.“

Der Voodoovampir-Cop legte die Stirn in Falten. „Ja, das kann ich gut nachvollziehen, auch ich habe so meine Probleme mit meinen Wurzeln.“ Er schnitt eine Grimasse. „Hin und wieder. – Hat es mit dem Schattenkelch zu tun, daß du es plötzlich so eilig hast, nun doch mehr über dich und deine Herkunft zu erfahren?"

Calvin zögerte, da er nicht wußte, was er antworten sollte, denn genau diese Frage hatte er sich insgeheim auch gestellt. „Ich weiß es nicht, aber es ist nicht auszuschließen. Wir scheinen uns, seit uns die Energie des Kelches erfüllt, alle unserer Ursprünge bewußter zu werden, nicht wahr?"

Als wäre ihm das Thema unangenehm, machte Mick eine abwehrende Handbewegung und fragte: „Was hält Dilara von deinen Plänen?"

„Sie weiß es noch nicht", gestand Calvin beinahe kleinlaut.

Mick war verblüfft, lachte dann schallend: „Als ob du irgend etwas vor ihr verbergen könntest." Sein Lachen wurde noch lauter. „Wahrscheinlich wußte sie es früher als du selbst."

Calvins verschlossener Gesichtsausdruck wurde für einen Moment weicher und gelöster bei dem Gedanken an die besondere innere Verbindung, die er und Dilara zueinander verspürten. „Wahrscheinlich hast du recht. Dennoch wird sie wenig begeistert sein, daß ich sie nicht mitnehme."

„Und warum tust du es nicht? Ihr seid doch sonst so gut wie unzertrennlich."

„Weil ich das alleine machen muß." Calvin zögerte. „Und weil sie hier gebraucht wird."

„In unserem Verbund", meinte Mick wissend.

Calvin nickte.

Mick taxierte ihn. „Sie und Guardian sind im Moment ziemlich unzertrennlich."

Wieder nickte Calvin.

„Und nun fühlst du dich ausgeschlossen", vermutete Mick und traf damit voll ins Schwarze.

„Ja! Es ist ein sonderbares Gefühl, sie..." Er verstummte und kam sich plötzlich kindisch vor.

„Sie mit jemandem teilen zu müssen“, beendete Mick den Satz und klopfte Calvin erneut kumpelhaft auf den Rücken. „Das würde mir auch nicht gefallen.“

Calvin blitzte ihn erstaunt an, spürte aber, daß Mick die Wahrheit sprach und tatsächlich nachempfinden konnte, was in ihm vorging.

„Meine Abreise hat viele Gründe!“ Er sprang auf und ging auf und ab.

Angesteckt von der Unruhe des langhaarigen Vampirs stand Mick ebenfalls auf. „Und was willst du von mir?“

„Paß auf Dilara auf. Ich habe ein sonderbares Gefühl in mir...“, bat Calvin sehr ernst.

Die beiden Männer tauschten einen festen Händedruck und schauten einander wissend an.

„Ich vertraue dir das für mich Wichtigste an“, sagte Calvin leise.

In Micks bronzefarbene Augen trat ein warmes Funkeln. „Ich weiß!“ erwiderte er schlicht. „Und ich werde dein Vertrauen nicht enttäuschen!“

Nun war es Calvin, der „Ich weiß!“ erwiderte. Sein geflüstertes „Solange du dazu in der Lage bist“, hörte Mick schon nicht mehr. Denn Calvin verschmolz bereits wieder mit dem Dunkel der Nacht.

London, August 2006, Park Lane

„Du wirst gehen, nicht wahr?“ fragte Dilara und betrachtete Calvin, der unruhig vor ihr hin- und herlief. Er erinnerte sie immer mehr an einen Tiger in Gefangenschaft, der an den Gitterstäben seines Käfigs entlangstrich. Sie wußte, daß er Bewegung benötigte, als Ventil für seine innere Anspannung. Seit er ihr die Bilder seiner Familie gezeigt hatte, war er noch verschlossener, noch in sich gekehrter und gleichzeitig noch aufgewühlter.

Als die Frage verklungen war, stoppte Calvin seinen Lauf und sagte: „Ich muß!“ In seiner Stimme schwang deutlich sein innerer Drang, seine seelische Zerrissenheit mit. „Du wirst mich nicht sonderlich vermissen, schließlich warst und bist du ständig mit Guardian beschäftigt und...“

„Cal!“ Ihre funkensprühenden Augen zeigten deutlich ihren Unmut über seine Äußerung.

„Ist doch wahr!“ Calvin verschränkte die Arme vor seinem schlanken Oberkörper und schürzte schmollend die Lippen. Er klang trotzig, was Dilara sofort wieder versöhnte und ihr ein zärtliches Lächeln entlockte. Ihr lag ein sanftes „Du Kindskopf“ auf der Zunge, aber sie wußte, daß er das mißverstehen würde. Im Moment war er ohnehin in einer sehr empfindlichen Stimmung, und sie konnte das verstehen.

„Cal!“ Ihre Stimme klang bereits wieder versöhnlich. „Du redest Unsinn, und das weißt du auch. Egal, mit wem auch immer ich es zu tun habe, es ist nicht mit dir zu vergleichen. Du bist immer tief in mir.“ Sie tippte sich gegen die Brust: „Wenn einer das weiß, dann du!“

„Trotzdem fühlte ich mich ausgeschlossen.“ Calvin machte eine unwillige Handbewegung. „Das *Starke Paar* stellt Gebote auf. Für den Bund der Fünf und unsere Art. Pah...“

Dilara konnte sich ein Kichern über sein empörtes Verhalten nicht verkneifen. „Man könnte fast meinen, du wärest eifersüchtig – auf meinen *Bruder*!“

„Vielleicht bin ich das ja sogar.“

Die schöne Vampirin war so perplex, daß sie kein Wort erwidern konnte.

Calvin begann wieder vor ihr auf- und abzulaufen. „Du hast einen Teil deiner Familie in der unmittelbaren Nähe. Dein Bruder ist fester Bestandteil deines Lebens. Ihr seid euch nah. Emotional." Er lachte freudlos. „Soweit das bei unserer Art möglich ist."

Nichts hielt Dilara mehr in ihrem Sessel. Leichtfüßig, als berühre sie den Boden nicht, trat sie auf Calvin zu und umarmte ihn. „Du weißt, daß es möglich ist." Sie küßte ihn. „Wir sind der beste Beweis." Wieder hauchte sie ihm einen Kuß auf die Lippen. Dann inniger und intensiver – und ließ ihn abrupt los. „Und den man liebt, muß man gehen lassen." Sie schluckte. „Hin und wieder." Dann streute sie weitere Küsse auf seine Augen und Wangen und murmelte zwischendurch: „Ich werde dich vermissen, und ich hasse den Gedanken, schon wieder von dir getrennt zu sein. Aber es ist wichtig für dich... und daher auch für mich, denn du bist ein Teil von mir." Sie strich ihm zärtlich über das lange Haar. „Komm bald zurück!"

Auf der Fahrt nach Wales, August 2006

Calvin hatte sich für seine Fahrt einen Wagen gekauft. Er war nie ein begeisterter Autofahrer gewesen, doch er liebte den Charme gewisser Modelle wie des Citroën DS oder Alfa Romeo Spiders. Nun fuhr er einen 1975er Vauxhall Viva mit einer bemerkenswert gut erhaltenen schwarzen Lackierung. Er war weder schnell noch sonderlich komfortabel. Aber er hatte Stil. Und er paßte zu seinem Fahrer. Auch wenn Dilara mehrmals mit spöttischem Lächeln um den kleinen Wagen herumgegangen war und schließlich feststellte, daß Calvin darin mehr auffiele als in einem Rolls Royce.

Mit gemischten Gefühlen fuhr er auf der M1 nordwestlich, vorbei an Luton und Northampton, hielt sich dann westlich, ließ Coventry und Birmingham unbeachtet im Süden liegen und erreichte endlich die Grenze zu Wales.

Die Namen der Orte, die er durchfuhr, wurden immer unaussprechlicher. Nachdem er Welshpool hinter sich gelassen hatte, passierte er Llanfair-Caereinion, Dinas Mawddwy und schließlich Abergynolwyn.

Er nahm sie jedoch kaum zur Kenntnis.

Das Bild seiner Mutter überlagerte alle äußeren Eindrücke.

Während der Fahrt auf schmalen Straßen, durch von Hecken und niedrigen Steinmauern getrennte Schafweiden, stiegen in Calvin mehr und mehr Erinnerungen an sie auf. Ihr seidiges schwarzes Haar, das sie ihm ebenso vererbt hatte wie die dunklen, zur Melancholie neigenden Augen, und ihre Begabung für das Musische, das seinem kühl kalkulierenden Vater gänzlich fremd war. Er fragte sich, warum sie seinen Vater nicht schon früher verlassen hatte. War sie wegen Calvin geblieben, dem Kind, das sie nicht hatte mitnehmen können, dorthin, wo sie hinzugehen plante?

Anton Percy Vale hatte seine Frau nicht aus Liebe geheiratet. Wie bei allem, was er tat, standen ausschließlich praktische Überlegungen hinter diesem Schritt. Soviel stand für Calvin fest, und er fühlte, daß es mit dem Schattenkelch zu tun hatte. Er wußte, daß es nicht nur darum ging, seine Mutter zu finden oder das Rätsel um ihr Schicksal zu ergründen, sondern auch darum, zu klären, wie das Geheimnis des Kelches in sein Bewußtsein gelangt war, und was es in ihm bewirkte. War er lediglich eine Marionette, die ihren Zweck bereits erfüllt hatte, darauf programmiert, den Kelch zu finden und zu aktivieren?

Oder schlummerte noch mehr in ihm, wie er es immer zu fühlen meinte?

Calvin nahm den Fuß vom Gaspedal und ließ den Wagen um eine Kurve rollen. Vor ihm entfaltete sich eine weite Bucht von rauher, unverfälschter Schönheit: Brynddumaen Bay. Im Landesinnern, von der Nachmittagssonne in diffuses Licht getaucht, ragte die knapp neunhundert Meter hohe Silhouette des Cadair Idris auf, des sogenannten *Berges des Zauberers*, von dem es hieß, er werde von dem Riesen Idris bewohnt, und wer eine Nacht auf seinem Gipfel verbringe, erblinde oder verfalle dem Wahnsinn.

Von dieser Bergspitze war nun jedoch nichts zu sehen. Er verbarg sich hinter dräuenden Wolken.

Wenige Minuten später erreichte Calvin die ersten Häuser Brynddumaens. Die Straße gabelte sich, und er wählte die untere Abzweigung, die zum Hafen und zu einer kleinen Promenade führte. Vorbei an weiß, gelb und hellblau gestrichenen Fassaden fuhr er zu einem verwaisten Platz, wo er den Vauxhall parkte. Er stieg aus dem engen Wagen und streckte sich. Außer einem alten Fischer, der am Strand seine Netze flickte und ihn nicht beachtete, war keine Menschenseele zu sehen. Auf der höher gelegenen Straße fuhr ein uralter Omnibus durch den Ort, doch soweit Calvin sehen konnte, chauffierte er keine Fahrgäste und hielt auch nicht an, sondern verließ Brynddumaen in südlicher Richtung.

Er blickte hinaus auf die aufgewühlte, bleigraue See, auf der blitzendweiße Schaumkämme tanzten. Ein einsames Fischerboot wurde – von einem Schwarm heiser krächzender

Möwen begleitet – dort draußen umhergeworfen; da, wo Wasser und Himmel aufeinandertrafen. Calvin fühlte eine seltsame Seelenverwandtschaft zu den Menschen, die sich auf dem Boot befanden.

Wo sollte er mit seiner Suche beginnen? Aus einer unerklärlichen Intuition heraus hatte er beschlossen, sich nicht offen nach der Familie seiner Mutter zu erkundigen. Sie selber hatte nie von ihren Vorfahren gesprochen und vermittelte den Eindruck, sie selber wisse nur wenig über ihre Herkunft oder verschweige es.

Calvin hoffte, auf die eine oder andere Weise mit den Menschen des Ortes ins Gespräch zu kommen und plante, sich als verspäteter Tourist auszugeben. Das würde ihm hoffentlich jeder abnehmen. Sein Aussehen würde zumindest als extravagant eingestuft werden. Zwar benötigte er dank der Sommerzeit den schwarzen Ledermantel nicht, den er am liebsten trug, doch er befürchtete, daß er durch sein ungewöhnliches Erscheinungsbild auch so für genügend Gesprächstoff sorgen würde.

Als erstes brauchte er einen Ort, an den er sich zurückziehen konnte, einen Ausgangspunkt für die Nachforschungen, die er anstellen wollte.

An der Promenade lagen mehrere Hotels und Pensionen. Das nächstgelegene trug den Namen *Plas Mawr* und war im viktorianischen Stil erbaut. Zahlreiche Erker, zwei gewaltige Kamine, die das Dach durchstießen, und ein von einer spitzen Haube gekrönter Turm ließen erkennen, daß es über hundert Jahre alt war. Es erinnerte ihn an Dilaras Haus in der Park Lane, wenngleich das Hotel viel größer war. Einige Fenster der streng gegliederten Fassade wirkten mit ihren herabgelassenen Läden wie schläfrig lauernde Augen, während andere wach auf das Meer hinausblickten.

Calvin spürte, wie ein Regentropfen seine Hand traf, und sein erster Impuls war, sich in Sicherheit zu bringen. Dann wurde ihm bewußt, daß das nicht mehr nötig war. Fließendes Wasser konnte ihm nichts mehr anhaben. Nicht, solange der Bund der Fünf rund um den Schattenkelch aufrechterhalten wurde.

Dennoch überquerte er zügig die ausgestorbene Promenade, stieg die Treppe zum Hoteleingang hinauf und hoffte, daß das Haus überhaupt noch geöffnet war. Die Saison war vorüber, und etliche Gebäude machten einen verlassenen Eindruck.

Die Tür schwang unter leichtem Druck auf, Calvin stieg einige Holzstufen im Inneren des Gebäudes hoch und gelangte in eine geräumige Halle, die offenbar auch als Speisesaal diente. Auf dem Boden vor sich bemerkte er ein farbiges, von Licht gezeichnetes Muster. Er wandte sich um und sah hoch über der Tür ein Buntglasfenster. Es dauerte einen Augenblick, bis er das Motiv erkannte.

Es zeigte das walisische Wappentier, den roten Drachen, der mit einer kleineren, schwarzen Gestalt rang und sie zu verschlingen suchte. Die Gestalt erinnerte ihn an einen geflügelten Menschen.

DER WEISE SUCHT, WAS IN IHM SELBER IST, DER TOR, WAS AUSSERHALB

Konfuzius

London, August 2006, in den Katakomben des Big Bens

Einen Beschluß zu fassen und ihn gegenüber einer bestehenden Macht umzusetzen, waren zwei unterschiedliche Dinge. Sicherlich hatte Larvae den Ältesten längst von der Entscheidung des Bundes der Fünf berichtet, das bisherige Gericht der Nosferati aufzulösen. Diese Mitteilung den Mitgliedern offiziell bekanntzugeben, erforderte jedoch eine gehörige Portion Mut.

Guardian und Dilara begaben sich als Repräsentanten des Bundes um den Schattenkelch noch in dieser Nacht zum Themseufer, über dem das Parlament des Britischen Königreiches und der als Big Ben bekannte Glockenturm stolz aufragten. Am Fuße des Turmes, an der dem Fluß zugewandten Seite, führten verwitterte Steinstufen in die Tiefe, bis sie, immer noch in einiger Höhe über dem Wasserspiegel, vor einer alten Tür zu enden schienen. An dieser langten die beiden Vampire just in dem Augenblick an, als die Glocke im Turm schlug. Und da, wo eben noch Holz und rostige Eisenbeschläge zu sehen gewesen waren, klaffte nun ein gähnendes Loch in der Wand. Die Geschwister befanden sich am Eingang zum Reich der Ältesten der Nosferati, die sich allnächtlich in einem Saal unter dem House of Lords trafen, wenngleich diese Treffen seit der Vernichtung Antediluvians wenig Sinn ergaben. Denn ihre Macht war seitdem kontinuierlich geschwunden.

Guardian betrat als erster den engen Gang, den er in letzter Zeit immer häufiger genutzt hatte, um Kontakt zu den Ältesten aufzunehmen. Einige von ihnen hatte er auf seine Seite ziehen können. Er wußte, daß die Nosferati verwirrt und ratlos waren. Jahrhundertelang hatten sie sich von Antediluvian führen lassen. Es war einfach gewesen, ihm zu gehorchen. Es hatte dazu keiner Eigeninitiative bedurft. Doch dadurch waren sie träge geworden, unfähig, etwas an ihrer Situation zu ändern. Ihre Zeit war vorbei. Das, was sie repräsentierten, gab es nicht mehr.

Vielleicht fiel ihnen diese Erkenntnis so schwer, weil sie ihnen bewußt machte, daß sie niemals wirkliche *Macht* besessen hatten. Diese hatte Antediluvian beansprucht. Sie hatten sich lediglich darauf geeinigt, seine Entscheidungen gutzuheißen und im Glanze seiner Macht zu stehen.

Dieser Glanz war nun verblaßt, und die Gänge, die weitaus älter waren als die Gebäude, die die Menschen darüber errichtet hatten, wirkten auf Dilara wie die einer verlassenen Nekropole.

Sie spürte, daß sie erwartet wurden. Fast hätte sie „herbeigesehnt" gedacht, denn tatsächlich wünschten manche der Ältesten ein rasches Ende des Rates herbei, der seine Funktion eingebüßt hatte und zum Debattierclub verkommen war.

Über viele Jahre hinweg waren sie zehn gewesen, doch binnen kurzer Zeit hatten zwei von ihnen den Weg ins Große Nichts angetreten, aus dem es kein Zurück gab. Dennoch war der Anblick der Versammelten ehrfurchtgebietend. Die Nosferati an sich legten Wert auf eine würdevolle Erscheinung, die sich vom Aussehen der Menschen, die sie als ihre Gegner betrachteten, möglichst abhob. Aber die Ältesten wirkten in den dunklen Gewändern und mit ihren langen weißen Haaren, die teilweise zu kunstvollen Gebilden geflochten waren, wie biblische Propheten.

Dilara kannte sie alle mit Namen. Antediluvian hatte sie ihnen einst vorgestellt. Das war eine halbe Ewigkeit her, doch diesen Anblick vergaß man auch in einem langen Leben nicht.

An der wuchtigen Tafel saßen, ohne daß daraus eine Rangordnung abzulesen gewesen wäre, der hagere Terminus, dessen erloschene Augen Dilara interessiert musterten, der machthungrige Larvae, der Älteste der Alten, der die Führung des Clans der Nosferati an sich gerissen hatte, Sinistro, finsterer noch als die anderen, Vulcan, eine machtvolle Erscheinung, die trotz ihres Alters rohe Kraft verkörperte und dessen buschige Augenbrauen schwarz waren, Somnus, den schon die Römer als Gott verehrt hatten, Nox, in dessen Augen sich Sterne zu spiegeln schienen, Phosphorus, von dem die anderen Abstand hielten, als sei er von einer giftigen Sphäre umgeben, und der vollkommen reglose Mors, dessen Haupt unter einer Kapuze verborgen war, die das Zeichen eines Stundenglases trug.

Sie blickten die Neuankömmlinge ernst an. Einen Augenblick lang sprach niemand. Endlich erhob Somnus seine im Laufe der Äonen brüchig gewordene Stimme: „Bitte, nehmt Platz, unsere Gäste. Wie ihr seht, sind zwei Stühle frei geworden…“

Zögernd folgten Guardian und Dilara der Aufforderung. Guardian nahm den Platz Antediluvians an der Stirnseite der Tafel ein, Dilara kam zwischen Larvae und Sinistro zu sitzen. Diese waren mit Somnus’ Einladung augenscheinlich nicht ganz einverstanden.

„Verratet uns endlich, was mit Orcus geschehen ist!“ begehrte Larvae denn auch auf, wofür er einen strafenden Blick von Somnus erntete. „Wir haben ein Recht, dies zu erfahren!“ fügte er dennoch rasch hinzu.

„Wenn es jemand weiß, dann du, Larvae!“ erwiderte Guardian mit erstaunlicher Gelassenheit. „Du hast doch stets gegen deine Mitbrüder intrigiert. Es ist wohl kein Zufall…“

„Genug!“ Somnus‘ Stimme donnerte, als habe sie den Staub der Vergangenheit abgeschüttelt, und ihre Echos erfüllten den unterirdischen Saal. „Wir alle wissen, was geschehen ist. Wir sind nicht hier zusammengekommen, um ein Spiel zu spielen.

Laßt uns endlich das Notwendige tun, solange wir es noch in Würde können!" Ein Murmeln ging durch die Reihen der Versammelten. „Also sprecht!"

„Wir sind hierhergekommen, um euch das zu verkünden, was ihr alle seit langem ahnt oder wißt..." Guardian faßte noch einmal in wenigen Sätzen zusammen, welche Pläne Antediluvian größtenteils ohne Wissen des Rates verfolgt hatte und wie er letztlich vernichtet worden war. Er erläuterte den blutigen Machtkampf der verschiedenen Vampirgruppierungen und die Suche nach dem Schattenkelch, in dessen Zeichen sich der Bund der Fünf formiert hatte. Kurz beschrieb er die Macht, die von diesem magischen Gefäß ausging. Als er auf die Regeln zu sprechen kam, die er zusammen mit Dilara für das Zusammenleben der Vampire entworfen hatte, glaubte er, bei dem einen oder anderen Ältesten Zustimmung entdecken zu können. Sie erkannten, daß nicht Unterwerfung und Unterdrückung das zukünftige Prinzip ihres Seins darstellen sollten, wie das unter Antediluvian der Fall gewesen war, sondern Gerechtigkeit und Wohlstand. Als Guardian seine Rede endete, brach eine erregte Diskussion aus. Dilara war stolz auf ihren Bruder, der seinen Auftritt hervorragend gemeistert hatte.

Der Disput der Ältesten dauerte eine Weile, wobei es vorrangig darum ging, welche Rolle jeder einzelne in Zukunft einnehmen wollte. Nur Larvae schien sich über eine Zeit nach der Auflösung des Rates bereits frühzeitig Gedanken gemacht zu haben. Die anderen taten sich zum Teil schwer darin, spontane Entscheidungen zu fällen. Die Vorschläge, wie zu verfahren sei, waren so unterschiedlich wie die Männer, die an der Tafel versammelt waren.

Als sich Larvae von seinem Stuhl erhob und die Hände ausbreitete, verstummte das Stimmengewirr. „Ihr habt es gehört, meine Mitbrüder. Ihr habt vernommen, was uns Guardian mitgeteilt hat und worauf wir keinen Einfluß nehmen können. Und ihr habt erlebt, welche Uneinigkeit zwischen uns besteht. Es gibt kein einigendes Element mehr, das uns verbinden könnte. Unsere Tage sind vergangen. Jeder einzelne von uns muß sich seiner Bestimmung stellen. Es ist an der Zeit, Platz zu machen für ein neues Zeitalter. Wir werden diese Hallen verlassen. Sie sollen versiegelt bleiben, bis eines Tages wieder die Notwendigkeit besteht, einen Rat der Ältesten einzuberufen, den ich hiermit für aufgelöst erkläre!“

Dilara erwartete, daß sich ein Sturm des Protestes erheben werde, doch dieser blieb seltsamerweise aus. Larvae hatte das ausgesprochen, was alle dachten.

Die Ältesten erhoben sich und reichten einander die Hände. Einige schienen erleichtert darüber zu sein, daß eine schwere Last von ihren Schultern genommen wurde.

Guardian wandte sich an Somnus, der zu seiner Rechten saß: „Wohin wirst du gehen, Somnus? Für einen so weisen Mann wie dich fänden auch wir einen angemessenen Platz.“

Der Alte sah ihn aus seinen schwarzen Augen an und winkte entschieden ab: „Ich bin müde, Guardian. Mir ist bewußt geworden, daß ich niemals hierhergehört habe. Als Antediluvian hier vor Jahrhunderten die Ältesten aus allen Ländern Europas versammelte, folgte ich ihm, denn es ging darum, die Gesellschaft der Schatten vor dem Zerfall zu retten. Wir haben diese Aufgabe erfüllt. Nun werde ich dorthin zurückkehren, wo ich herkam. Entlang der Via Appia in Rom gibt es unzählige unentdeckte Katakomben, in denen ich den Schlaf nachholen kann, den ich so lange vermißt habe. Ich werde schlafen… und träumen. Und meine Träume werde ich den Menschen senden und mich an ihren Gedanken nähren, bis eines Tages die Zeit kommt, da ich an meinen alten Ruhm anknüpfen kann.“

Wales, August 2006

„Sie wünschen?" Eine Stimme riß Calvin aus seinen Gedanken. Sie klang alt und staubig und hatte einen starken Akzent, der ihm schon begegnet war, als er in Llangadfan seinen Wagen aufgetankt hatte.

Er drehte sich betont langsam um.

Der Mann war nicht viel älter als er selbst. Sein strenges Erscheinungsbild – der graue Anzug, das blütenweiße Hemd, die sorgsam gebundene Krawatte, die kurzgeschnittenen Haare, der schmallippige Mund und die irgendwie farblosen Augen – ließen ihn jedoch wesentlich älter erscheinen.

Unwillkürlich, als müsse er sich seiner selbst vergewissern, fuhr sich Calvin durch sein Haar, das fast bis zu seinen Hüften reichte. Dann sagte er: „Ein Zimmer", und mußte sich räuspern, denn es war, als habe er Staub eingeatmet. „Ich meine… haben Sie noch ein freies Zimmer?" Augenblicklich wurde ihm bewußt, wie absurd diese Frage war. In dem Hotel herrschte Totenstille. Es gab außer ihm keine Gäste.

„Ein Zimmer?" Der Mann verzog die Lippen unmerklich. „Natürlich! Wie lange möchten Sie bleiben?" Mit hölzernen Bewegungen trat er hinter die Rezeption und schlug ein Buch auf, in das er wohl die Reservierungen einzutragen pflegte.

„Das kann ich leider noch nicht sagen."

„Kein Problem! Brynddumaen hat um diese Zeit kaum noch Gäste, wenn ich ehrlich sein soll." War das der Anflug eines Lächelns auf seinen Lippen? „Wir liegen hier etwas abseits. Llwyngwril und Brycrug haben das Glück, durch die Küstenstraße oder die Talyllyn Railway direkt erschlossen zu sein, doch hierher verirren sich nur wenige Urlauber. Wir haben nur die rauhe, ungestüme See und die tiefen Schatten der Berge. Sie sind doch ein Urlauber?"

Calvin nickte so heftig, daß er schon befürchtete, es müsse dem anderen auffallen. „Ja, ich komme aus Santa Barbara, Kalifornien."

„Oh, so so, aus Kalifornien, dem Land der ewigen Sonne. Schön, daß Sie zu uns gefunden haben." Er streckte die rechte Hand aus. „Dafydd Burns."

„Calvin Vale", entgegnete Calvin und packte die Hand mit festem Griff. Merkwürdigerweise hatte er das Gefühl, beim Nennen seines Namens in den farblosen Augen seines Gegenübers ein Aufblitzen zu bemerken. Und das, obwohl er einen Teil seines Namens instinktiv verschwiegen hatte.

„*Croeso i Cymru*, Mr. Vale", sagte Burns.

Burns, der zur Zeit anscheinend gleichzeitig Besitzer und einziger Angestellter des *Plas Mawr* war, erklärte Calvin, während er ihn zu seinem Zimmer im ersten Stock führte, daß die anderen Hotels des Ortes nur wenige Wochen im Sommer geöffnet hatten und ihre überwiegend englischen Besitzer bereits wieder in ihre Heimatstädte zurückgekehrt seien. Einheimische übernahmen die Hausmeistertätigkeiten, die über den Winter hinweg anfielen.

Er selbst erwarte in den nächsten Tagen noch Gäste, ein älteres Ehepaar aus Liverpool, das jedes Jahr um diese Zeit käme, und zwei Schriftsteller. Aber die würden sicherlich nicht stören.

„Ah, da haben wir das Zimmer – Nummer 13. Ich hoffe,

Sie sind nicht abergläubisch! Aber nach der Saison habe ich in einigen Räumen Ausbesserungen vorzunehmen…“ Er schloß die Tür auf. Die Möblierung stammte aus den Siebzigern. Doch das Zimmer war sauber und hatte einen Ausblick auf den Hafen. „Die Toilette ist auf dem Flur, aber… na ja, die nächsten zwei Tage sind Sie sowieso alleine, Mr. Vale.“

„Sieht gut aus. Ich nehme es!“ sagte Calvin nur. Er war plötzlich müde von der ungewohnt langen Fahrt, die seine Konzentration beansprucht hatte.

„Schön! Abendessen gibt’s um sechs. Sollten Sie mich in der Zwischenzeit brauchen, läuten Sie einfach an der Rezeption!“

Burns schloß die Tür hinter sich.

Calvin stand einige Minuten einfach nur da und lauschte der Stille, die lediglich von Zeit zu Zeit vom fernen Schreien der Möwen gebrochen wurde. Dann ging er zum Wagen und holte den Koffer, in den er nur die notwendigsten Sachen gepackt hatte. Mit dem Telefon, das es auf dem Zimmer immerhin gab, setzte er sich ans Fenster und wählte Dilaras Nummer.

Sein Herz machte einen Sprung, als bereits nach dem ersten Läuten abgenommen wurde, und er ihre atemlose Stimme vernahm.

„Ich bin’s, Calvin!“ unterbrach er sie, als sie ihren Anschluß nannte. „Dilara, ich vermisse dich!“

„Cal! Ich habe gefühlt, daß du anrufst und warte seit bestimmt einer Stunde darauf. Geht es dir gut?“

Seltsam, aber ihre Besorgtheit erfüllte ihn mit einer inneren Wärme und einem Schmerz, den er gar nicht in sich gewußt hatte.

„Die Fahrt war ganz schön ermüdend. Ich kann kaum glauben, daß ich nicht weit von dir entfernt bin. Das hier ist wie eine andere Welt!“ Calvin berichtete von seinen Eindrücken und den Plänen für die nächsten Tage und endete mit den Worten: „Aber nun bist du an der Reihe. Erzähle, was hat sich seit meiner Abfahrt ereignet?“ Und Dilara berichtete.

London, August 2006, Park Lane

Mick spürte seit Tagen eine lähmende Beklommenheit in sich, die er sich nicht erklären konnte. Sie hatte weder mit der für ihn bislang ungewohnten Zugehörigkeit zum Bund der Fünf noch mit seiner Arbeit im Yard zu tun – mit den Mordfällen, deren Anzahl wieder sprunghaft angestiegen war, die aber eine völlig andere Note trugen als die bisherigen. Die Opfer wiesen zwar grausame Verstümmelungen auf, doch waren sie nicht mehr blutleer wie jene, die aus den Machtkämpfen der Vampirclans hervorgegangen waren. Die Täter hinterließen eine andere Handschrift, ohne daß Mick sie zu diesem Zeitpunkt hätte näher erfassen können.

Aber irgend etwas kam ihm *bekannt* vor.

Etwas, das den Wurm der Erinnerung weiter nach oben schlängeln ließ.

Doch da war noch etwas anderes in ihm, etwas, das ständig Delphines Bild in ihm wachrief. Delphine, jene lolitahafte Kindfrau, die jener so verblüffend ähnlich sah, die ihm als seine Seelenfrau prophezeit worden war. Das Wesen mit den nachtschwarzen Augen und dem langen, beinahe weißblonden Haar, das einst Dilaras Blutsschwester gewesen war und sie dennoch ohne mit der Wimper zu zucken ihrer satanischen Glaubensgemeinschaft hatte opfern wollen.

„Delphine!“ murmelte Mick und lauschte dem sehnsuchtsvollen Klang seiner Stimme.

Er fühlte sich einsam, auch wenn er es dank Dilara und ihren Freunden real nicht mehr war. Aber gerade durch die schöne Vampirin und ihren langhaarigen Gefährten wurde Mick ständig vor Augen geführt, was ihm selbst fehlte: ein Geschöpf an seiner Seite, das ihn ergänzte und das unerschütterlich zu ihm stand. Das mit ihm eine Seeleneinheit bildete.

Und er ahnte dunkel, daß ihm das nur mit Delphine möglich war. Auch wenn er so gut wie nichts von ihr wußte, weil er sie zu kurz gekannt hatte, und sich Dilara sonderbarerweise ausschwieg.

Ja, ihm fehlte eine Vertraute. Eine echte Vertraute. Na, da ist sie nun nicht gerade ein Paradebeispiel, dachte er zynisch. Ein Höllenwesen, das skrupellos die Blutsschwester opfern wollte, um an die Spitze der Macht zu gelangen...

Mick sinnierte, ob es seiner Verliebtheit entsprang – denn *daß* er verliebt war, hatte er sich längst insgeheim eingestanden –, daß er anzweifelte, ob Delphine tatsächlich so abgrundtief böse war, oder ob sein Gefühl zutraf, daß es eine Seite in ihr gab, die selbst Dilara nicht kannte und die weitaus positiver war, als sie glaubte.

Längst war in ihm der Wunsch gereift, Kontakt zu Delphines Seele aufzunehmen. Doch er scheute sich noch, weil er eine unterschwellige Furcht davor verspürte, welche Wirkung das auf ihn haben würde. Er vermutete, wenn er einmal mit Delphines Seele in Verbindung trat, würde sie ihn nicht mehr loslassen. Selbst den Kontakt zu Greg Lane hatte er seither vermieden, weil nicht auszuschließen war, daß auch dieser längst von Micks Gefühlschaos wußte, was diese Frau anging.

Es erstaunte ihn nicht, als er sich vor Dilaras Haus wiederfand. Die beiden Abende nach Calvins Aufbruch zur Suche nach seiner Mutter hatte Mick mit der schönen Vampirin verbracht. Sie saßen in ihrem Kaminzimmer zusammen, einfach nur so, hörten Musik oder lauschten dem typischen Londoner Regen. Das Gefühl, von gleicher Art und nun durch den Schattenkelch eine beinahe familiäre Bindung eingegangen zu sein, genügte ihnen oftmals. Mick wußte natürlich auch, daß sich Dilara ein wenig einsam in dem Haus vorkam, jetzt, wo Calvin auf unbestimmte Zeit das Land verlassen hatte, und daß das der Grund war, warum sie dankbar für seine Gesellschaft war. Es ging ihm ähnlich. Ihm fehlten Cassandra und ihre rührende Verliebtheit, und er sehnte sich nach Delphine. Beides Frauen, die er viel zu kurz kennengelernt hatte.

Bei der einen hast du doch selbst dafür gesorgt, dachte er mißmutig und wollte soeben an die Eingangstür klopfen, als ihm Dilara auch schon öffnete.

„Mick!“ sagte sie, und ihr Lächeln zeigte ihm, daß sie bereits gespürt hatte, daß er kam. „Wie schön! Tritt ein!“

Er zwinkerte ihr gutgelaunt zu. „Sich unbemerkt an dich heranzuschleichen ist auch unmöglich, nicht wahr?“

„Und ob!“ Sie lachte dunkel und ging leichtfüßig vor ihm her. Wie immer, wenn sie zu Hause war, lief sie barfuß. Mick betrachtete ihre schlanken Fesseln, und sein Blick blieb an der Tätowierung haften, die ihre weiße Haut über dem rechten Knöchel schmückte. Ein Halbmond, um den sich eine Schlange wand. Er erinnerte sich an den Abend, als er den Körperschmuck das erste Mal entdeckt hatte und sie darauf ansprach. Sie hatte gewohnt zurückhaltend reagiert und eine ausweichende Antwort gegeben, als er sie nach der Bedeutung der Tätowierung fragte.

„Setz dich!“ forderte Dilara ihren nächtlichen Besucher auf.

Micks Blick schweifte unschlüssig zwischen der Kissenlandschaft und der Sitzgruppe vor dem Kamin umher, bevor er sich für das Sofa entschied. Er ließ sich nieder und lehnte sich sogleich entspannt zurück, denn er mochte die Atmosphäre dieses Hauses, das so anders war als sein eigenes, modernes. Hier war alles antik, hatte dadurch irgendwie Seele und „atmete“.

Dilara setzte sich in einen Sessel ihm gegenüber und ließ die Beine über eine der beiden Lehnen baumeln. Sie trug einen Overall aus silbergrauer Seide, der ihren wohlgeformten Körper perfekt zur Geltung brachte. Aber auf Mick übten ihre Augen und vor allem ihre Stimme einen viel größeren Reiz aus als ihr Körper.

Wieder sah er Delphines Gesicht vor sich.

„Ich muß mir dir reden, Dilara“, begann er zögernd.

Ihr Lächeln vertiefte sich. „Da bin ich aber gespannt. Worüber denn?“

„Über Delphine.“

Das Lächeln auf Dilaras Gesicht verschwand augenblicklich, und es erlosch auch in ihren Augen.

Wales, August 2006

Beim Abendessen war Calvin der einzige Gast. Burns hatte einen Platz am Panoramafenster des Speisesaals eingedeckt und eine einzelne Kerze angezündet, die um den Tisch herum eine Lichtinsel schuf. Von hier aus konnte Calvin hinaus auf das Meer und den Hafen blicken. Der Wind trieb feine Regenschleier am Fenster vorbei. Die Straßenlaternen wirkten schwach und kränklich, machten den Eindruck, als würden sie jeden Moment erlöschen.

Nach einer endlos erscheinenden Weile tauchte Burns geräuschlos aus dem Dunkel jenseits des Kerzenscheins auf, servierte eine leichte Suppe und erkundigte sich, was sein Gast zu trinken wünschte. Calvin bestellte einen Rotwein, den der Hotelbesitzer kurz darauf zusammen mit dem Hauptgang auftrug. Dabei handelte es sich um sogenanntes Laverbread, nach Meerwasser schmeckende, in heißem Öl ausgebackene Pfannkuchen von grünlicher Farbe. Sie wurden aus einer an der Küste beheimateten Algenart hergestellt, wie Burns verriet. Dazu tischte er pikanten Käse auf. Es war kein aufwendiges Menü, doch Calvin genoß die Atmosphäre und ließ beim Blick aus dem Fenster seine Gedanken treiben.

Er holte sich das Bild seiner Mutter in seine Gedanken. Ihre sanften und doch markanten Gesichtszüge, die ausgeprägten Wangenknochen, ihre dunklen, traurigen Augen, das seidige, mehr als schulterlange und tiefschwarze Haar, ihr schlanker und doch weiblicher Körper. Ihm wurde wieder einmal bewußt, daß sein Verhältnis zu ihr immer besser als das zu seinem Vater gewesen war. Und mehr noch: Wenn er es recht bedachte, hatte seine Mutter in ihm den Funken des Widerstandes gegen die Pläne Anton Percy Vales am Leben erhalten. Sein Vater und seine Mutter waren von Gegensätzen geprägt gewesen. Das hatte er schon als kleiner Junge gespürt. Sein Vater war ein kalter Rationalist gewesen, seine Mutter dagegen der warme Gefühlsmensch. Sie konnte sich stundenlang mit Calvin beschäftigen und erzählte ihm Geschichten, Sagen und Mythen, die sie selber als Kind von ihren Eltern gehört hatte. Leider konnte er sich nicht mehr an alles erinnern. Er hatte das Gefühl, wenn er *das* gekonnt hätte, wäre er seinem Geheimnis wesentlich näher gekommen. Doch so sehr er sich auch bemühte, die Erinnerung blieb verschwommen und vage.

Calvin nahm einen tiefen Schluck aus dem Weinglas. Burns näherte sich seinem Tisch und fragte, ob er noch einen Wunsch habe. In Gedanken versunken verneinte Calvin. Er beobachtete einen Mann und eine Frau in schwarzer Regenkleidung, die die Promenade überquerten. Sie verschwanden in einem Haus auf der gegenüberliegenden Seite. Dort erhellte sich ein Fenster nach dem anderen.

Am nächsten Morgen erwachte Calvin und erinnerte sich an einen diffusen Traum, der ein ungutes Gefühl in ihm hinterließ. Er konnte nicht sagen, was er geträumt hatte, doch es war ihm wie die Offenbarung einer furchtbaren Wahrheit über die Vergangenheit seiner Familie gewesen; ein dunkler, unausgesprochener Fluch.

Draußen tobte ein handfester Sturm, der die See gegen die Kaimauer warf und meterhohe Gischtschleier über die Promenade trieb. Auf der Mole standen zwei ferne Gestalten. Der Wind riß an dem schwarzen Wachstuch ihrer Kleidung und ließ sie mit ihren dünnen Beinen wie zerzauste Raben aussehen. War es möglich, daß es dieselben waren wie am Abend zuvor?

Calvin fluchte. Es war höchste Zeit aufzustehen, schließlich hatte er sich für diesen Tag so viel vorgenommen, daß er sich keinen Verzug erlauben konnte.

Seine Überlegungen, ob er sich beim Hotelbesitzer offen nach dem Schicksal der Atheds erkundigen sollte, verwarf er jedoch schnell wieder. Mit einer einzigen fließenden Bewegung warf er die Bettdecke von sich und sprang auf.

Rasch kleidete er sich an und begab sich in den Speisesaal. Dafydd Burns, wie schon am Abend äußerst korrekt gekleidet, kam ihm auf dem Weg dorthin entgegen und grüßte: „Mr. Vale, aha! Ich hoffe, Sie hatten eine angenehme Nacht?“

Calvin bedankte sich höflich, wußte aber nicht so recht, was er antworten sollte. Deshalb sagte er: „Ja, es ist sehr ruhig, wenn man es gewohnt ist, in einer größeren Stadt zu leben. Ich habe geschlafen wie ein Toter." Und in Gedanken ergänzte er: Oder sollte ich sagen, *wie ein Untoter*?

Tatsächlich war sich Calvin nicht ganz sicher, ob er seit seiner Verwandlung überhaupt noch Schlaf im üblichen Sinne benötigte. So, wie er auch gänzlich ohne Nahrung auszukommen vermochte, solange er genügend Blut aufnahm, glaubte er, auch auf Schlaf verzichten zu können. Es hatte Tage und Nächte gegeben, in denen er und Dilara ohne Unterbrechung diskutiert und einander geliebt hatten, ohne das Bedürfnis nach Ruhe oder Schlaf zu verspüren. Dennoch war er weiterhin dieser alten Gewohnheit gefolgt, die selbst Dilara in den Jahrhunderten ihrer Existenz nicht abgelegt hatte. Letztendlich war er zu dem Schluß gekommen, daß er zwar organisch keinen Schlaf benötigte, dieser aber wohl der psychischen Stabilität zuträglich war.

„Leider macht uns das Wetter heute einen Strich durch die Rechnung. Ich hatte eigentlich geplant, im Freien einige Ausbesserungsarbeiten durchzuführen. Wie gedenken Sie den Tag zu verbringen?"

„Darüber habe ich mir noch keine Gedanken gemacht", log Calvin. „Normalerweise verschaffe ich mir immer zuerst einen Überblick über die nähere Umgebung..."

„Wenn Sie Brynddumaen kennenlernen wollen, sollten Sie den Küstenweg gehen, der im Süden am Leuchtturm beginnt und oberhalb des Ortes durch die Heide führt. An der Kapelle halten Sie sich wieder in Richtung Meer und stoßen zur Ortsmitte vor. Folgen Sie der Hauptstraße, bis diese Brynddumaen im Norden verläßt. An der alten Fischfabrik vorbei gelangen Sie dann an den Strand, von wo aus Sie eine recht hübsche

Aussicht auf den gesamten Ort haben. Allerdings weiß ich nicht, ob Sie das an einem Schlechtwettertag wie diesem machen sollten."

Burns hatte Calvin zu seinem Platz im Speisesaal begleitet. Er entschuldigte sich und kehrte kurz darauf mit dem Frühstück zurück.

„Vielleicht setzen Sie sich ja auch einfach ins Teehaus, das nur wenige Häuser von hier entfernt ist, und versuchen, etwas von den Gesprächen der Leute dort zu verstehen. Ich kann mir keine bessere Möglichkeit vorstellen, unsere Sprache kennenzulernen…"

„Ich überlege es mir!" In Wirklichkeit hatte Calvin längst seine Entscheidung gefällt. Wenn seine Ahnen in Brynddumaen gelebt hatten, war die Wahrscheinlichkeit groß, daß sich hier auch ihre Gräber befanden. Und die wollte er sich an diesem Morgen ansehen.

Der Friedhof lag etwa zehn Gehminuten vom *Plas Mawr* entfernt in einem Taleinschnitt. Calvin folgte auf einem schmalen Pfad dem Lauf eines glucksenden Baches. Es regnete nicht mehr. Zwischen den Bäumen verfingen sich Dunstschwaden.

Obwohl hier Windstille herrschte, war es erheblich kühler als am Meer, und er fröstelte.

Der Friedhof war klein; angemessen für einen Ort von der Größe Brynddumaens. Etwas enttäuscht nahm Calvin zur Kenntnis, daß es so gut wie keine älteren Gräber gab. Überhaupt wirkte der Ort nicht wie eine Stätte des Todes. Er machte eher den Eindruck eines gepflegten Parks. Die Flächen zwischen den Steinen prangten von frischem Grün, und der Gesang unzähliger Vögel erfüllte die Luft. Auf sauber geharkten Kieswegen ging Calvin von Grabstein zu Grabstein und las die Inschriften in der Hoffnung, einen Hinweis auf die Familie seiner Mutter zu finden. Er wollte schon entmutigt aufgeben, als er bemerkte, daß hinter einem großen Kreuz eine Lücke in der Hecke klaffte, die den Friedhof umgab. Ein von überhängenden Weiden gebildeter Hohlweg führte tiefer in das Tal hinein, doch nur etwa zehn Meter weit. Dann stand Calvin auf einer Lichtung, von der er nicht mehr sagen konnte, ob sie noch Teil des Friedhofes war. Zweifellos handelte es sich um eine Begräbnisstätte, denn in der Mitte des Platzes lag eine Grabplatte aus schwarzem Basalt.

Calvin trat näher heran. Er hatte die seltsame Empfindung, daß die Stimmung in dem Tal nicht mehr freundlich war wie noch auf dem Friedhof, sondern schicksalhaft und bedrohlich. Die schwarzen Bäume trieften vor Nässe wie verzweigte Korallen, die eben erst aus einem vorsintflutlichen Meer ans Tageslicht geholt worden waren. Nur ein einziger Vogel schrie noch, und eine innere Eingebung sagte ihm, daß es ein Ziegenmelker sein mußte, den er nie zuvor gehört hatte.

Jetzt konnte Calvin lesen, was auf dem schwarzen Stein geschrieben stand:

GERALD LEWIS ATHED, * 20.07.1898 – † 11.10.1944
VICTORIA ATHED, * 14.03.1903 – † 11.10.1944
LYNN ATHED, * 05.02.1938 – † 11.10.1944

Calvin ging im Zeitlupentempo in die Hocke und ließ seine Fingerspitzen über die Inschrift gleiten, als wolle er so Kontakt zu den Toten aufnehmen. Der Stein war angenehm kühl und glatt. Hätte er ihm doch nur die Geschichte derer, die unter ihm begraben lagen, erzählen können!

London, August 2006, Paddington

„Mick!" flüsterte es in ihm. „Mick, bitte, wach auf!"

Micks Bewußtsein kämpfte sich träge aus den Schwingen des Schlafes, und doch schienen sie ihn nicht völlig freizugeben.

„Mick!" rief es schmeichelnd zu ihm herüber. „Ich bin es... Delphine!" Ein warmes Lachen durchzog ihn.

Ihr Lachen!

Aber das konnte nicht sein, er hatte keinen Kontakt zu ihr aufgenommen.

Wieder erklang dieses Lachen. „Natürlich hast du das nicht. Das war nicht nötig. Nicht bei mir!"

„Was heißt das?" Und wieder lauschte er dem Lachen, das in jede einzelne Zelle seines Körpers floß.

„Du weißt es!"

Nein, wollte er rufen, das weiß ich nicht, aber er ahnte, daß er ihr nichts vormachen konnte, und fragte: „Was willst du von mir?"

Das Lachen wurde eine Spur anzüglicher. „Ich will dich!"

„Mich?"

Wie eine nonverbale Zustimmung war da wieder dieses Lachen.

„Du weißt, daß das nicht geht!" begehrte Mick auf.

Jetzt uferte Delphines heitere Stimmung aus. „Hahahaaa, du bist köstlich, versuche es erst gar nicht, Mick-Babe!" Ihre Stimme klang so schmeichelnd und verrucht, daß Mick eine Erektion bekam. „Du weißt, daß es geht!" drang es schmeichelnd wie ein Windhauch in ihn. „Du weißt es... hol mich zurück, Mick! Hol mich zurück in deine Welt!"

„Niemals! Niemals!“ schrie er und erwachte, schlug auf das Kopfkissen ein und fühlte zum ersten Mal Angst vor dem, was um ihn und in ihm geschah.

Was ihn aber schockierte, war die Tatsache, daß Delphines Seele von sich aus Kontakt zu ihm aufgenommen hatte. Daß es ihr möglich war, bewies ihm eindeutig, daß sie die Frau aus der Prophezeiung war. Die, die an der Seite des Obersten Götzen stehen sollte. An *seiner* Seite!

Mick fühlte sich wie zerschlagen, als er am nächsten Morgen erwachte. Er konnte sich nicht daran erinnern, wieder eingeschlafen zu sein, und fühlte sich tatsächlich so, als sei das auch nicht für eine Minute gelungen.

Doch die Wärme, die Delphines Lachen in ihm erweckt und durch seinen Körper geschickt hatte, war noch in ihm.

Dennoch konnte es nicht sein, daß ihre Seele eigenständig Kontakt zu ihm aufgenommen hatte!

Aber es war alles so real, dachte er, und verspürte ein Ziehen in seiner Lendengegend – und wieder diese schier unstillbare Sehnsucht.

„Delphine!“ murmelte er benommen.

Hatte er alles nur geträumt?

„Natürlich!“ flüsterte er. „Das ist das Ergebnis deines Gesprächs mit Dilara.“

Mick sank noch einmal in die Kissen zurück. Erleichtert über die naheliegende Erklärung, die dennoch fadenscheinig für ihn klang.

Er mußte an seinen Besuch bei Dilara denken.

Die schöne Vampirin war merklich zurückhaltend gewesen,

als er sie darum gebeten hatte, mehr über Delphine zu erzählen. Aber eines war deutlich geworden, Dilara schwankte in ihren Gefühlen für die kindhafte weißblonde Blutsschwester, wie sie Delphine immer noch nannte. Wenngleich sie das *Schwester* stets ironisch hervorhob. Zum einen, weil sie noch freundschaftliche Gefühle für die junge Vampirin hegte, zum anderen, weil sie ihr auch zutiefst mißtraute.

Mick hatte den Eindruck, daß letzteres überwog. Was er nachvollziehen konnte, seit er davon gehört hatte, daß Delphine Verrat an Dilara begangen hatte. Und wie Dilara fragte er sich, warum Delphine wieder aufgetaucht war. Was sie bezweckt, vielleicht sogar im Schilde geführt hatte. Darüber hatte sie sich bis zum Schluß ausgeschwiegen. Wohl auch, weil sie nicht geahnt hatte, wie nah ihr eigenes Ende schon war.

Mick seufzte. Dilara hatte erst ausweichend reagiert, als er sie bat, ihm zu sagen, was damals zwischen ihr und Delphine geschehen war, und ihn gebeten, das Gespräch auf unbestimmte Zeit zu verschieben „Ich kann nicht, Mick!" preßte sie hervor, und ihre Stimme klang unendlich traurig. Sie schnitt tief in die Seele des jungen Cops.

In diesem Moment wurde ihm bewußt, wie sehr ihm Dilara schon ans Herz gewachsen war. Sie war wie eine Schwester für ihn, und ihm wurde klar, daß er auch ohne Calvins Bitte auf sie achtgegeben und beschützt hätte.

Mick hörte im Geiste wieder Delphines Lachen.

Es hatte so echt geklungen.

Als wäre die schöne Anhängerin der Kirche Satans zum Greifen nahe. Als müsse er nur noch die Hand ausstrecken, um sie zu berühren. Wie gerne hätte er das getan! Wie sehr brannte es in ihm, ihr nahe zu sein.

Mick stöhnte leise auf.

Hatte Delphine tatsächlich mit ihm Kontakt aufgenommen?

Bei dem Gedanken wurde ihm flau im Magen. Vor allem, wenn er sich ihrer dringenden Bitte erinnerte, sie aus dem Reich der Toten zurückzuholen. Er wußte, daß er dazu in der Lage war. Aber er hatte es noch niemals gewagt, weil er nicht einschätzen konnte, welche Kräfte er dabei wecken und freisetzen würde. Vor allem, was es in *ihm* freilegte.

Mick stöhnte erneut und beschloß, Delphine aus seinem Gedächtnis zu verbannen.

Als wolle sie ihn wegen des Gedankens maßregeln, erklang erneut ihr Lachen in ihm und nährte die Furcht, daß es ihm nicht gelingen würde, sich von ihr fernzuhalten, von ihr zu lösen.

Wales, August 2006

„Was suchen Sie denn da?“

Die Stimme ließ ihn herumfahren. Calvin erschrak. Vor ihm stand eine Frau. Sie war nicht mehr jung, zwischen sechzig und siebzig, trug ein Kopftuch und einen verblichenen Trenchcoat, die sie vor dem Regen schützten. In der Linken hielt sie einen geflochtenen Drahtkorb, in der Rechten eine Heckenschere.

„Haben Sie sich verlaufen?“

Calvin erhob sich zögerd: „Hmm… ja, gewissermaßen… ich dachte, es gäbe noch einen Weg, der vom Friedhof aus tiefer in das Tal führt.“

„Nein, hier ist Schluß“, versicherte die Frau. „Sie müssen der Urlauber aus dem *Plas Mawr* sein“, stellte sie halb fragend fest. „Amerikaner?“

„Ja, richtig. Calvin Vale.“ Calvin reichte ihr die Hand, die sie einen Augenblick lang mißtrauisch beäugte, um seinen Händedruck dann mit klammen Fingern zu erwidern.

„Am besten kommen Sie mit zurück nach Brynddumaen. Dafydd hat mir von Ihnen erzählt. Ich bin seine Tante. Ich kümmere mich um den Friedhof. Auch um diesen Teil."

„Ein merkwürdiges Grab, nicht?" fragte Calvin und folgte ihr.

„Merkwürdig? Wie meinen Sie das?"

„Na ja, es muß doch etwas damit auf sich haben, daß es so abseits liegt. Die drei Namen darauf... sie haben alle dasselbe Todesdatum."

„Sie sind ein sehr guter Beobachter, Mr. Vale." Sie hatten den Hohlweg hinter sich gelassen und befanden sich nun wieder in dem gewöhnlichen Friedhofsbereich. Die Frau hatte ihre Anspannung verloren. Vielleicht hatte sie sich nur genauso erschrocken wie er.

„Wenn Sie Zeit haben, erzähle ich Ihnen eine Geschichte."

Die Haare auf Calvins Armen stellten sich wie elektrisiert auf. Er spürte, daß er vielen Antworten auf seine Fragen so nahe war, daß er nur noch danach greifen mußte. Dabei durfte er aber nicht allzu auffällig vorgehen, um die Frau nicht mißtrauisch zu machen. „Wenn die Zeit ausreicht, die wir brauchen, um zum *Plas Mawr* zu gelangen, höre ich Ihnen gerne zu", sagte er möglichst unverbindlich.

„Oh, und selbst wenn nicht. Sehen Sie... die Sonne kommt heraus." Sie hatte recht. Auch wenn es eine kraftlose Sonne war, die nur mühsam den Dunst durchbrach.

„Die Atheds waren eine unglückliche Familie", begann die Frau ihren Bericht. „Jedenfalls muß man das glauben, wenn man die alten Leute von ihnen reden hört. Und die erzählen nicht gerne von ihnen." Sie schnappte nach Luft und verlangsamte ihre Schritte. Calvin hatte sein übliches Schrittempo vorgelegt, und sie versuchte vergeblich, ihm zu folgen. „Sie lebten dort oben in ihrem Haus, das mehr ein Krähennest war, und kümmerten sich einen Dreck um die Leute hier unten im Tal. *Wovon* sie lebten? Keiner mag sich mehr daran erinnern! Da oben auf ihrem Berg wächst nichts, und Handel trieben sie, soviel ich weiß, auch nicht. Aber sie lebten schon lange dort, länger als irgendein Mensch in Brynddumaen, und ich wette, so wäre es heute noch, wenn nicht in jener Nacht im Oktober 1944 ein Feuer…“

„Ein Feuer?“ Calvin hatte gespannt den Worten der Frau gelauscht. Daß er im Begriff war, mehr über seine Großeltern zu erfahren, erregte ihn zutiefst.

„Ja, ein Feuer. Sie müssen mich aber ausreden lassen, junger Mann“, tadelte sie ihn. „Sonst hören Sie die Geschichte nicht zu Ende. Obwohl… viel gibt es da auch gar nicht mehr zu erzählen. Da war also dieses Feuer, und viele Menschen gingen hinauf zu dem Haus, doch sie kamen zu spät, um es zu löschen, oder es gab kein Wasser dort oben, ich weiß es nicht mehr. Meine Familie kam erst in den 50ern aus Fishguard nach Brynddumaen, und die Leute hier sind ein wenig verschlossen. Na, jedenfalls waren schon alle Bewohner des Hauses tot oder nicht mehr zu retten, bis auf das Jüngste, das auf den Namen Ruth getauft war. Das wurde in ein Waisenhaus nach Holywell gegeben, und keiner weiß, was später aus ihm geworden ist. Man hat keine Angehörigen ausfindig machen können.“ Sie machte eine Pause und schnappte erneut nach Luft.

Calvin empfand die Spannung als unerträglich, doch er wagte nicht zu sprechen, da er befürchtete, die Frau könne ihren Bericht unvermittelt abbrechen.

„Da man nicht wußte, welcher Konfession die Atheds angehört hatten – in der Chapel hatte man sie nie gesehen –, begrub man sie nicht in geweihter Erde, sondern unmittelbar neben dem Friedhof. Und daran hat man gut getan, finde ich. Sie selber haben die merkwürdige Stimmung dort auch gespürt, oder? Ich hab's Ihnen angesehen! Ich kriege jedesmal eine Gänsehaut, wenn ich die Büsche schneide oder Laub fege. Ich fühle mich immer beobachtet, und wenn ich mich umdrehe, ist niemand zu sehen. Aber ich kann das Grab doch nicht verwildern lassen."

Calvin schüttelte den Kopf. Sie hatten die ersten bunt gestrichenen Häuser Brynddumaens erreicht. Die Dächer glitzerten feucht vom Regen. Über dem fernen Meer hingen tief bleierne Wolken.

„Das Haus wurde nicht mehr aufgebaut. Wer hätte das auch tun sollen? Keiner beanspruchte das Recht, dort oben zu leben, und keiner *wollte* es. Wenn Sie mich fragen, spukt es da immer noch. Keiner geht rauf auf den Berg, wenn er nicht muß, und es gibt keinen Grund dazu. Schöne Aussichten auf unsere Bucht hat man auch von anderen Punkten aus. Mich würde es nicht wundern, wenn dort oben noch alles so wäre, wie es das Feuer hinterlassen hat."

„Und Sie sind selber nie dort gewesen?"

„Wie ich schon sagte… es gibt keinen Grund, dort hinzugehen! Also tat ich es nicht. Auch wenn ich zugeben muß, daß mich die Geschichte in den ersten Jahren fasziniert hat. So, ich fürchte, hier trennen sich unsere Wege. Ich muß dort hinauf, und Sie brauchen nur der Straße zu folgen, die Sie zur Promenade bringt. Sie finden sich doch ab hier zurecht, oder? Verlaufen Sie sich nicht wieder!"

Sie reichte Calvin die Hand, und er dankte ihr. Als er bereits ein paar Schritte gegangen war merkte er, wie sie stehenblieb und sich noch einmal umdrehte. „Komisch", rief sie, „aber mir fällt gerade ein, daß ich zuletzt vor etwa fünfzehn Jahren mit jemandem über das Haus auf dem Berg gesprochen habe. Ich begegnete der Frau übrigens genau dort, wo ich auch Sie getroffen habe.“

Für Calvin gab es keinen Zweifel daran, daß diese Frau seine Mutter gewesen war. Mühsam kaute er während seines Mittagessens im *Barmouth Arms* am nördlichen Rand des Hafens auf dem Lammfleisch seines *Cawls* herum und überlegte dabei, was er bisher entdeckt hatte.

Er verfolgte jedenfalls die richtige Spur. Seine Mutter und er waren die letzten Abkömmlinge einer Familie, die vom Hauch eines Mysteriums umgeben war. Sie selbst war als Waise bei fremden Eltern aufgewachsen. Für einen Tag, fand er, hatte er schon eine Menge herausgefunden.

Was hatte seine Mutter wohl als nächstes getan, nachdem sie das Grab ihrer Eltern gefunden hatte? Die einzige greifbare Spur stellte die Ruine dar, die ja angeblich seit dem Brand unberührt geblieben war. Er konnte jedoch niemanden nach dem Weg dorthin fragen. Allein die Reaktion der Frau auf dem Friedhof verbot das, wenn er nicht noch mehr auffallen wollte, als er es ohnehin schon tat.

Calvin zahlte sein Essen und verließ den Pub. Vom Meer her wehte eine kräftige Brise. Die Luft schmeckte nach Salz. Doch Calvin blickte nicht hinaus auf die See, sondern suchte die steil ansteigenden Hügel und Berge auf der anderen Seite des Ortes nach etwas ab, das ihm einen Anhaltspunkt für seine Suche liefern konnte.

Oberhalb der Kirche sah er einen Weg, der sich in Serpentinen einen steilen, von Schafen beweideten Hang hinaufwand, um sich dann in einem zerklüfteten Geröllfeld zu verlieren. Der Gipfel des Berges war von Dunst umhüllt, so daß man weder sagen konnte, ob es darauf eine Ruine gab, noch, bis in welche Höhe der Berg überhaupt aufragte. Daß man – wie die Frau behauptet hatte – vom Haus der Atheds aus eine gute Aussicht auf Brynddumaen hatte, mußte leider nicht zwangsläufig bedeuten, daß man vom Ort aus auch das Haus sehen konnte.

Für seinesgleichen gab es zwar genügend Möglichkeiten, sich einen Überblick aus für Menschen ungewohnter Perspektive zu verschaffen, doch am hellichten Tage war das nicht ganz einfach und außerdem zu gefährlich. Calvin überlegte, ob er die Ruine wohl bei Nacht finden würde.

Es lief also alles auf eine längere Wanderung hinaus.

Nach einem kurzen Umweg, der ihn zum *Plas Mawr* führte, wo er seine klamme Kleidung gegen frische austauschte, begab er sich zur Kirche und suchte von dort aus den Pfad, der hinauf in die Berge führte. Er fand ihn, als er durch ein verrostetes, schief in den Angeln hängendes Gittertor in einen verwilderten Garten trat. Am Ende eines mit Steinplatten ausgelegten Weges setzte sich der Pfad zwischen Weißdornhecken fort. Calvin hatte das Gefühl, daß es sich um einen Privatweg handelte, der schon seit langer Zeit nicht mehr genutzt wurde. Das sprach dafür, daß er auf der richtigen Spur war.

Er beschleunigte seine Schritte und mußte feststellen, daß der Aufstieg nicht sonderlich anstrengend war. Er hatte sich von der für Wales typischen Kargheit der Berge über deren tatsächliche Höhe täuschen lassen. Bald hatte er das Geröllfeld erreicht. Auch hier endete der Weg noch nicht. Er war zwischen größeren Steinen kaum zu erkennen und führte weiter bergan.

Zügig schritt er aus, ließ den Felsschutt hinter sich und mußte zwischen größeren, von Flechten bewachsenen Steinblöcken hindurchklettern, um auf einen felsigen Hang zu gelangen, wo sich der Weg wieder verbreiterte. Er mußte dem immer noch dunstverhangenen Gipfel nun doch recht nahe sein. Als er zurückblickte, sah er unter sich die schrundige Bergflanke und den Weg, den er heraufgekommen war, tief unten die Häuser von Brynddumaen, über denen vereinzelte Rauchfahnen aufstiegen, dahinter den schmalen hellen Sandstrand und die See wie ein grobes graues Leinentuch.

Er wandte sich wieder um und erkannte, daß er sich getäuscht hatte, und noch lange nicht auf der Bergspitze angelangt war.

Calvin stieg weiter auf und sah die Welt unter sich im Dunst verblassen. Und dann stand er plötzlich der rußgeschwärzten Ruine gegenüber, und ihm war, als lauere sie zwischen den dornigen Büschen.

Mit seinen geschärften Vampirsinnen fühlte er, daß dies kein guter Ort war. Als er das Gemäuer mit seinem Blick vermaß, war es, als blitzten für jeweils nur einen Lidschlag Projektionen der Vergangenheit auf, zu rasch, zu flüchtig, um wirklich *erkennbar* zu sein, und doch beunruhigend, selbst für ihn – ein Wesen der Schattenwelt. Von der Ruine ging definitiv eine ungesunde Atmosphäre aus, die nicht nur er selber wahrnahm, sondern offenbar auch die Tiere der Gegend, die die Nähe zur Ruine mieden, ja, selbst die Pflanzen, die in einem weiten Kreis rund um die Ruine nicht wachsen wollten. Obwohl das Feuer, das den Ort verwüstet hatte, gut sechzig Jahre zurücklag, war die Wunde, die es der Landschaft zugefügt hatte, längst noch nicht verheilt. Und er fühlte diese Wunde in seiner Seele.

Hier hätte die Geschichte seiner Familie womöglich enden

sollen. Hätte seine Mutter den Brand nicht überlebt, wäre auch er selber niemals geboren worden. Er spürte, daß hier irgendein Unrecht geschehen war, etwas, wodurch das Leben seiner Mutter entscheidend geprägt worden war.

Es kostete Calvin Überwindung, näher an die Ruine heranzutreten. Im Laufe der Zeit sollte sie eigentlich von Efeu und Flechten überwuchert sein, doch da waren nur nackte, schwarze Steine.

Die Aussicht von hier oben aus war atemberaubend. Brynddumaen Bay befand sich irgendwo da unten, jenseits der Wolkendecke. Dort regnete es vermutlich, während hier der Wind an ihm zerrte und die Sonne fahl auf seiner Haut brannte.

Was konnte einen Menschen bloß dazu bewogen haben, fernab der Zivilisation ein Haus zu errichten? Calvin erinnerte sich an das Foto, auf dem Gerald und Victoria Athed so ernst geblickt hatten. Er erahnte die Arroganz und Überlegenheit, die den Charakter dieser Menschen geprägt haben mußte.

Erst jetzt nahm er den stechenden Brandgeruch wahr, der über dem Ort lag. Was konnte eine derart dauerhafte Veränderung verursacht haben? War das wirklich ein gewöhnliches Feuer gewesen? Hatte außer diesem Haus noch etwas anderes gebrannt?

Drohend ragten an den Giebelseiten massige Kamine auf, während die Front des zweistöckigen Hauses völlig in sich zusammengestürzt war. Schutt und Trümmer füllten das Innere der Ruine aus. Er konnte nicht hineingelangen.

Calvin stutzte. Er glaubte, in einer der gegenüberliegenden Fensterhöhlen eine huschende Bewegung gesehen zu haben, beruhigte sich aber, daß es sicherlich nur der Schatten einer Möwe gewesen war. Als er um das Haus herumging, war dort nichts mehr zu sehen, und er meinte, daß die Phantasie ihm einen Streich gespielt hatte. Doch der Gipfel, der nun kahl und narbig vor ihm aufragte, bot unzählige Versteckmöglichkeiten.

Knirschend zerbrach etwas unter seinem Fuß: ein Knochen. Der eines Kaninchens, überlegte Calvin. Es gab hier also doch Leben. Er war nun sicher, daß er sich die unheimliche Atmosphäre auf dem Berg nur eingeredet hatte. Dies war nur ein verlassener, trauriger Ort, mehr nicht.

Er hatte genug gesehen. Noch einmal ließ er seinen Blick über die einstige Heimstatt seiner Ahnen gleiten und spürte Trauer bei dem Gedanken, daß mit ihnen auch vieles den Flammen zum Opfer gefallen war, was zu seinen Wurzeln gehörte. Er mußte herausfinden, was hier geschehen war. Die Lösung dieses Rätsels würde ihn vermutlich zu seiner Mutter führen, denn auch sie war dieser Spur gefolgt, da war er sich ganz sicher. Was mochte seine Mutter gefühlt haben, als sie hier oben stand? Hatte sie da schon mehr gewußt als er? Es mußte doch einen Bericht über den Brand geben. Wenigstens Polizei oder Feuerwehr waren verpflichtet, die Geschehnisse zu dokumentieren. Wurden diese Berichte der Öffentlichkeit zugänglich gemacht? Existierten sie nach all den Jahren überhaupt noch? Er fühlte, wie sich eine gewisse Resignation in seinem Inneren ausbreitete. Seit dem Besuch seiner Mutter waren schon wieder Jahre vergangen. Womöglich hatte sie selbst Spuren verwischt.

Calvin beschloß, nach Brynddumaen zurückzukehren. Er hatte das Gefühl, für den Aufstieg Stunden benötigt zu haben. Tatsächlich war es kaum mehr als eine Stunde gewesen.

Schritt für Schritt kehrte Calvin in die Welt der Lebenden zurück.

London, August 2006, Scotland Yard

Mick murrte leise vor sich hin, als Dr. Greans Geplapper in sein Ohr drang. Filmreif seufzte er und hielt den Telefonhörer weit von sich. Greans Stimme war dennoch deutlich zu hören, und sein Sermon endete mit: „Kommen Sie in mein Büro, Bondye! Sofort!“

Mick sparte sich jeglichen Kommentar und erhob sich betont gleichmütig von seinem Stuhl. Ohne jegliche Eile verließ er das Büro und ging in das seines Vorgesetzten. Sofort, als er es betrat, spürte er ein Ziehen in den Eingeweiden, als er den Mann erblickte, der vor dem Fenster stand. Zum einen erinnerte es Mick an den Tag, an dem ihm Cassandra als neue Partnerin vorgestellt worden war, und zweitens ging von der hageren Gestalt mit dem mausgrauen Anzug und dem verschlossenen Gesichtsausdruck eine stumme Bedrohung aus.

„Da sind Sie ja endlich!“ begrüßte ihn Dr. Grean übellaunig. Doch das nahm ihm Mick mittlerweile nicht mehr übel. Bei allem, was in letzter Zeit geschehen war, konnte einem wirklich gehörig der Humor vergehen.

Der Hagere stieß sich von der Fensterbank ab, an der er gelehnt hatte, und kam auf Mick zu, streckte ihm die Rechte entgegen und sagte im zackig-militärischen Tonfall: „Stephen Mills.“

Aha, dachte Mick und übersah geflissentlich die ihm dargereichte Hand. Statt dessen drehte er sich zu seinem Vorgesetzten herum und sah diesen herausfordernd an. „Sie wollen mich sprechen?“

Dr. Peter Grean stöhnte übertrieben laut. Dann deutete er auf den Hageren, der, wie Mick hämisch feststellte, schon schütteres Haar bekam. „Ich möchte Ihnen Ihren neuen Partner vorstellen, Bondye!“

Mick, der sich gerade Stephen Mills zugewandt hatte, wirbelte wieder herum und funkelte Dr. Grean feindselig an. „Cassandras Schicksal ist noch nicht geklärt, und Sie drücken mir schon einen neuen Partner aufs Auge? Was soll das? Was zum Teufel hat das zu bedeuten?“ Bravo, gratulierte er sich selbst, du spielst deine Rolle perfekt. Doch er war tatsächlich empört, daß Cassandra so schnell ersetzt wurde.

Dr. Grean machte eine beschwichtigende Geste. „Ich kann ja verstehen, daß Sie nicht begeistert sind, aber Mills wird Ihnen bei den Ermittlungen helfen.“ Seine Stimme wurde versöhnlicher. „Umso schneller finden wir heraus, was mit Miß Benedikt geschehen ist, und können sie, so hoffe ich, finden.“

„Sie wissen doch, was man über die Hoffnung sagt“, stieß Mick verächtlich hervor.

„Nein!“ Dr. Grean schien für einen Moment verunsichert zu sein.

„Die Hoffnung ist der Komplize der Selbsttäuschung.“

Hörbar blies sein Vorgesetzter die Luft aus. „Heißt das, daß Sie Miß Benedikt schon aufgegeben haben?“ fragte er konsterniert.

„Nein! Das heißt es *nicht*!“ knurrte Mick, warf seinem neuen „Partner“ einen derart feindseligen Blick aus seinen sonderbaren Augen zu, daß dieser erstarrte, und verließ das Büro, ohne noch ein weiteres Wort zu verlieren.

„Hören Sie“, begann Stephen Mills, der Mick in dessen Büro gefolgt war. „Ich kann Sie ja verstehen...“

Mick fuhr mit einer geschmeidigen Bewegung mitten im Zimmer herum. „Sie verstehen *gar nichts*!“ zischte er.

Wenn er erwartet hatte, daß das Eindruck auf seinen neuen Partner machte, sah er sich getäuscht, denn der sprach unbeeindruckt weiter. „Es dürfte Ihnen klar sein, daß in dieser Spezialeinheit keiner alleine und auf eigene Faust ermitteln kann.“

„Das auch noch“, entfuhr es Mick nun völlig entnervt. „Noch ein Paragraphenreiter. Als ob Grean nicht schon genug wäre! Mir bleibt aber auch wirklich gar nichts erspart.“

Stephen Mills ging auf Cassandras Schreibtisch zu in der offensichtlichen Absicht, ihn zu umrunden und auf dem leeren Stuhl Platz zu nehmen.

„Unterstehen Sie sich!“ Micks Stimme ließ seinen neuen Partner mitten im Schritt verharren. Mills drehte sich um. Mit zusammengekniffenen Augenbrauen musterte er Mick mißmutig. „Jetzt hören Sie mal zu, Bürschchen!“ Mick schnaubte empört, doch Stephen Mills sprach unbeeindruckt weiter. „Sie können Ihre Wildwest-Show woanders abziehen, bei mir schinden Sie damit keinen Eindruck!“ Er ließ sich demonstrativ lässig auf Cassandras Stuhl nieder. „In London treibt augenscheinlich eine sehr blutrünstige Gang ihr Unwesen. Es kommt zu grauenvollen Morden, und Sie und Ihre Kollegen tappen im Dunklen. Außerdem – es verschwinden Verdächtige aus der Sicherungshaft und darüber hinaus ein äußerst fähiger weiblicher Detective des Yards. Das nenne ich einen Erfolg der bisherigen Ermittlungsarbeiten!“

So ein Großkotz, durchfuhr es Mick. „Und Sie alleine können die Fälle lösen, was?“ Er verschränkte die Arme vor seiner muskulösen Brust. „Wer sind Sie? James Bond?“

Eines mußte man Mills lassen, er ließ sich von Mick nicht provozieren, lächelte sogar, in dem er seinen schmallippigen Mund freudlos verzog. „Wer weiß!“ sagte er und ließ in Mick ein besonders ungutes Gefühl aufkommen.

Mick hatte es vorgezogen, Mills – er weigerte sich, seinen neuen Partner anders als bei seinem Nachnamen zu nennen – anzuschweigen. Bis Dr. Grean in das Büro trat. Mit einer Essigsaure-Tonerde-Miene, wie sie im Buche stand. „Ich war noch nicht fertig, Bondye!“ blaffte er verärgert.

Mick wäre beinahe ein wütendes: „Ich aber!“ rausgerutscht, doch er verkniff sich das im letzten Augenblick. Statt dessen ließ er ein lahmes „Was gibt es denn noch?“ los.

„Zehn Tote!“

Die beiden Wörter schwebten wie ein Damoklesschwert im Raum und schienen die Luft zu vereisen.

Die Köpfe der beiden Cops schnellten in die Richtung ihres Vorgesetzten. „Zehn?“ fragte Mick mit einer Vorahnung.

„Ganz recht!“

Der Vampir fand, daß sich Greans Stimme immer mehr wie das Quäken eines Säuglings anhörte, der die Pampers voll hatte.

Ein Säugling in Kampfstimmung, wie der nächste Satz bewies: „Und ich erwarte, daß Sie sofort Ergebnisse erzielen.“

Mick hätte beinahe aufgelacht. Was denkt sich dieser geschniegelte Sesselfurzer, dachte er zynisch, wir sind bis jetzt keinen Schritt weitergekommen und sollen nun auf der Stelle Resultate aufweisen.

Stephen Mills meldete sich zu Wort, was Mick im Augenblick sogar äußerst begrüßte. „Gab es außer der Zahl der Toten noch irgendwelche Besonderheiten?“

„Ja!“ Dr. Greans Verhalten verlor sichtlich an „Eleganz“ und „Beherrschtheit“. Endlich stieg sein Vorgesetzter von seinem hohen Roß herab und zeigte Nerven. Dem geht der Hintern auf Grundeis, dachte Mick gehässig und freute sich diebisch. Mister Bügelfalte verliert die Kontenance.

Dr. Greans nächste Worte bestätigten das: „Wir müssen unbedingt mit Erfolgsmeldungen aufwarten, sonst wackelt nicht nur mein Stuhl!“

Stephen Mills stand auf, versenkte beide Hände in den Taschen seiner Hose und blieb vor seinem neuen Vorgesetzten stehen. „Welche Besonderheiten?“

„Die Todesursachen unterscheiden sich ebenso wie der Fundort von den bisherigen Morden, aber es gibt noch etwas, was diese von den anderen abzugrenzen scheint...“ Er legte eine bedeutsame Pause ein. „Die Opfer haben alle das gleiche Zeichen!“

„Zeichen?“ fragte Mick gedehnt.

„Genau!“ bestätigte Dr. Grean und fuchtelte mit der rechten Hand durch die Luft. „In Ihren Mailpostfächern müßten schon alle Unterlagen sein. Ich habe darum gebeten, Sie mit allen Informationen zu versorgen!“ Dr. Grean wedelte noch hektischer mit der Hand. „Und jetzt an die Arbeit, meine Herren!“

Nachdem er das Büro verlassen hatte, schalteten Mick und Stephen Mills ihre Laptops an, fuhren sie hoch und sichteten schweigend die Unterlagen, die man ihnen geschickt hatte.

Mick sortierte sie eine Weile unmotiviert, seine Gedanken drehten sich währenddessen irgendwie im Kreis. Da waren Greg und Cassandra, beide augenscheinlich Opfer dieses Falles, in den Mick immer tiefer involviert wurde. Wenngleich Cassandras Todesursache privaterer Natur war, aber das würde Mick zu verschleiern wissen, denn alles deutete nach Aktenlage darauf hin, daß auch sie das Opfer der Mordserie war, die seit Monaten London unsicher machte. Und Grean schluckte im Moment jede noch so blödsinnige Theorie, aus purer Verzweiflung, da man bereits kräftig an seinem Stuhl sägte.

Dann dachte Mick wieder an den Bund der Fünf, dem er jetzt angehörte, und an seine eigenen Wurzeln, die er viel zu lange verdrängt und verleugnet hatte. Delphine war das beste Beispiel dafür. Mittlerweile war er sich sicher, daß ihre Seele Kontakt zu ihm aufgenommen hatte.

Mick klickte die Fotos der Opfer an.

Seine Augen verwandelten sich plötzlich in dünne bronzene Schlitze. Dann zoomte er sich die Bilder immer größer auf den Bildschirm, um das Zeichen besser zu erkennen, das alle Ermordeten auf dem linken Handrücken trugen – und keuchte erregt.

Das Motiv war deutlich erkennbar.

„Ein Drache! – Es ist das Zeichen eines Drachen“, murmelte der Voodoovampir-Cop entsetzt.

AUCH DIE LÄNGSTE REISE BEGINNT MIT DEM ERSTEN SCHRITT

Laotse

Wales, August 2006

Calvins Stimmung war noch mehr gesunken, seit er bei Anbruch der Dämmerung aus jenem verwilderten Garten herausgetreten und beinahe in die Arme dreier Männer gelaufen war, die sich anscheinend zufällig auf der Straße getroffen hatten. Es waren grobschlächtige Kerle, die mit ihren schweren Arbeiterhänden wild gestikulierten, während sie sich auf Walisisch unterhielten. Als sie seiner gewahr wurden, verstummten sie, und in ihren kleinen, stechenden Augen flammte der Ausdruck eines Wissens auf, der Calvin erschaudern ließ. Sie wußten, daß er den verbotenen Ort aufgesucht hatte. Seinen Gruß erwiderten sie nicht. Statt dessen nickten sie einander stumm zu und gingen jeder in eine andere Richtung davon.

Calvin begab sich auf dem kürzesten Wege zum *Plas Mawr*, wurde aber die ganze Zeit über das Gefühl nicht los, von mißtrauischen Augen durch zugezogene Vorhänge beobachtet zu werden, während er durch die engen Straßen schritt.

Dafydd Burns war im Hotel nicht ausfindig zu machen. An seinem Platz im Speisesaal fand Calvin sein Abendessen, das aus einem Salat mit Muscheln, Brot, Käse und einer Kanne Tee bestand, sowie eine hastig geschriebene Notiz, die besagte, Burns habe sich nach Llwyngwril begeben müssen und werde erst im Laufe der Nacht zurückkehren.

Calvin hatte das Essen auf sein Zimmer mitgenommen. Er mußte Dilara von seinen Entdeckungen berichten. Er entledigte sich seiner Kleidung und griff zum Telefon, wählte Dilaras Nummer und atmete erleichtert auf, als sie abhob.

„Cal, ist alles in Ordnung bei dir? Ich hatte heute so ein komisches Gefühl… ich kann es nicht recht beschreiben…“ Dilaras Stimme versöhnte ihn mit allem, was er an diesem Tag gesehen und erlebt hatte.

„Nein, es ist alles okay, und ich bin ein großes Stück weitergekommen.“

„Heißt das, du hast eine Spur? Erzähl schon!“ forderte sie ihn auf, ungeduldig wie immer.

Er berichtete von seiner Begegnung am Grab der Atheds und dem, was er noch erfahren hatte, schilderte ihr seinen Aufstieg zur Ruine und der seltsamen Stimmung dort.

„Hm, wie meinst du das?“ fragte sie. „Hast du dich dort bedroht gefühlt?“

„Na ja, zuerst war es wirklich unheimlich da oben. Ich weiß nicht, wie ich das beschreiben soll. So einsam… und doch wieder nicht. Also, ich habe im Umfeld der Ruine kein einziges Tier gesehen. Es war, als ob ihr Instinkt ihnen riete, den Ort zu meiden.“

„Tiere haben schärfere Sinne als Menschen, und unsere Art steht manchmal den Tieren näher. Was willst du nun tun?“

„Ich bin mir nicht sicher. Meine Mutter muß dort oben gewesen sein. Doch wohin ist sie dann gegangen? Ich habe das Gefühl, auf dem Berg etwas Wichtiges übersehen zu haben.“ Dieser Gedanke war ihm gerade erst gekommen. „Ich muß noch einmal hinauf!“

Calvin hielt inne. War da nicht ein Geräusch im Korridor zu hören gewesen? Ein Rumpeln, und dann ein leises Schleifen?

„Cal?“

„Ja?“

Dilara zögerte: „Paß auf dich auf, wenn du gehst!“

Calvin wollte etwas erwidern, doch er hörte bereits das Freizeichen in der Leitung.

Dilara hatte aufgelegt.

Er hängte den Hörer in die Gabel, schlich zur Tür und öffnete sie vorsichtig. Im dunklen Flur war nichts zu sehen. Calvin schaltete das Licht ein, und die Schatten zogen sich in ihre Winkel zurück. Es war kein Geräusch außer dem fernen Klappern eines Fensterladens im Wind zu hören.

Er mußte sich getäuscht haben. Calvin kehrte in sein Zimmer zurück und überlegte, ob er Dilara noch einmal anrufen sollte. Statt dessen jedoch klappte er seinen Koffer auf und fand zwischen Unterwäsche und schwarzen Pullovern die Fotografie, die er in den Unterlagen seines Vaters entdeckt hatte. Bereits ein flüchtiger Blick verriet ihm, was ihm entgangen war.

Die Inschrift auf dem Grabstein der Atheds besagte, daß dort drei Menschen begraben lagen: Gerald Lewis, Victoria und Lynn Athed. Seine Mutter hatte die Katastrophe überlebt.

Was aber war aus der fünften Person auf dem Bild geworden?

Calvin schlief unruhig in dieser Nacht und wurde endgültig durch das Klappern des Ladens vor seinem Fenster aufgeweckt. Nackt wie er war und schlaftrunken wankte er zum Fenster, um das störende Geräusch zu beseitigen. Da sah er, daß der Mond zu einem riesigen gelben Ball aufgebläht war und dicht über dem Meer stand. Er dachte an Dilara, die *die Königin des Mondes* genannt wurde, und sandte ihr einen stummen Gruß, von dem er jedoch nicht das Gefühl hatte, daß sie ihn erwiderte. Vermutlich schlief sie oder war durch etwas abgelenkt. Er machte sich Sorgen um sie und hoffte nicht, daß seine Gefährtin einer Bedrohung ausgesetzt war.

Unerwartet verspürte Calvin einen unbändigen Hunger. Es war keiner nach gewöhnlicher Nahrung, sondern ein viel schlimmerer, viel brennenderer *Blutdurst*.

Er hatte seinen Jagdtrieb zuletzt in London befriedigt und seine Natur seitdem einfach verleugnet, um seine Nachforschungen nicht zu gefährden. Nun war es, als bräche in ihm ein Damm.

In einer einzigen fließenden Bewegung schlüpfte er in seine Kleidung, verließ das Zimmer und huschte mit der Lautlosigkeit eines Schattens die Treppe hinab ins Erdgeschoß.

Die Promenade wirkte im krankhaften Licht des aufgedunsenen Mondes seltsam irreal. Die Straßenlaternen warfen lange schwarze Schatten, wie Risse im Pflaster. Calvin preßte sich eng an die Wand des Hauses und ließ sich von seinen Instinkten hinunter zum Hafen locken, wo aus einem einzigen Pub trotz fortgeschrittener Stunde noch Lärm drang.

Während er sich der Gaststätte näherte, löste sich aus deren Fassade ein Schemen, der in einer Seitenstraße Richtung Hauptstraße verschwand.

Calvin nahm die Fährte der Beute auf, die sichtlich dem Alkohol zugesprochen hatte. Es war ein junger Mann, der mit unsicheren Schritten in der Mitte der schmalen Straße lief. Der Vampir folgte ihm und blieb ungesehen, als sich das auserkorene Opfer verunsichert umdrehte, um dann in einer noch schmaleren Gasse zu verschwinden und sich zu erleichtern.

Dort war es düster, denn das Licht des Mondes reichte nicht in den schmalen Spalt zwischen den Häusern, der nur ein Fußweg war. Der Mann ging nicht weit in die Dunkelheit, gerade so weit, daß er von der Straße aus nicht gesehen wurde.

Calvin konnte ihn förmlich riechen. Sein Blut kochte. Es rauschte und toste in seinen Ohren. Blut, das Element des Lebens. Er mußte damit seinen Durst stillen – jetzt!

Als der Mann ihn bemerkte, war es bereits zu spät. Der Vampir hatte die Beine um eine Art Teppichstange geschlungen, die zwischen den Häuserfassaden gespannt war. Kopfüber baumelte er dort und lächelte. Er genoß den Augenblick des Erschreckens und des Gefühls von Macht, als sich ihre Blicke trafen.

Sein Opfer war nicht mehr fähig zu schreien. Calvin katapultierte sich mit allem Schwung, aller Spannung seines athletischen Körpers auf den Mann und versenkte seine Eckzähne tief in dem warmen, weichen Fleisch des Halses, um dessen Blut zu trinken. Doch etwas stimmte nicht! Er wußte sofort, was es war. Der Mann war tot. Sein Herz war einfach stehengeblieben.

Verwirrt ließ Calvin ihn zu Boden sinken. Sein Kopf fiel in einen schmalen Streif gelben Lichtes, das von der Straße hereindrang. Auf dem Gesicht des Mannes spiegelte sich größte Todesangst wider. An diesen Anblick hatte sich Calvin gewöhnt. Doch da war noch ein anderer, seltsamer, vollkommen deplazierter Ausdruck. Es schien, als habe ihn der Mann erkannt. Doch Calvin war sich sicher, daß er ihm noch nie begegnet war.

London, August 2006, in den Katakomben der St. Paul's Cathedral

Guardian blicke erfreut von seinen Arbeiten auf, denn sein Gespür verriet ihm, daß sich einer der Fünf näherte. Sie hatten eine Art „Antenne" füreinander entwickelt, als habe die Magie des Kelches ein spezielles Radarsystem in sie gepflanzt, um ihren Bund zu stärken und zu schützen.

„Mick!" Guardian erhob sich höflich und begrüßte seinen nächtlichen Besucher, der festen Schrittes die Bibliothek betrat, mit einem kräftigen Händedruck und bot ihm mit einer einladenden Geste einen Platz an.

Noch während sich Guardian setzte, sagte Mick: „Ich mache mir Sorgen um Dilara. Sie hat sich, seit Calvin abgereist ist, völlig zurückgezogen."

Guardian nickte. „Das ist ein Bestandteil ihres Wesens. Übrigens etwas, das sie mit Calvin teilt. Es besteht also kein Grund zur Besorgnis." Guardian log. Warum, wußte er im Moment auch nicht, denn auch er fühlte seit einigen Tagen, daß Dilaras dunkle Seele entrückt und selbst für ihn nicht erreichbar war. Es war, als habe sie ihre Verankerung mit Calvins Fortgehen verloren. Oder als habe die erneute Trennung tiefe Wunden in ihr filigranes Innenleben geschlagen. Guardian erinnerte sich daran, wie schwer seiner Schwester die Trennung von ihrem Gefährten gefallen war, als dieser in Santa Barbara geweilt hatte. Über seine Züge huschte ein flüchtiges Lächeln beim Gedanken daran, daß er sie nicht davon hatte abhalten können, Calvin zu suchen. Sie besaß schon, vom Grunde ihrer Seele aus, eine Kämpfernatur, aber wenn es um ihren langhaarigen Gefährten ging, war sie nicht zu stoppen. Doch nun, da er sie alleine gelassen hatte, schien Dilara ziellos geworden zu sein. Das konnte für eine von ihrer Art verheerende Folgen haben.

Der Wächter nahm sich vor, sie in den nächsten Nächten aufzusuchen, sie darauf anzusprechen, aber ihm war nicht danach, jetzt ein Thema daraus zu machen.

Mick war ohnehin schon gedanklich woanders, denn er

nestelte ein zusammengefaltetes Papier hervor, strich es umständlich glatt und schob es Guardian zu.

Der blonde Vampir betrachtete die darauf abgebildete Zeichnung eine Weile, dann sah er Mick mit seinen wissenden blauen Augen an. „Ein Drache“, sagte er bedächtig.

Mick fuhr sich mit beiden Händen durch das kurze Haar, eine für ihn typische Geste. „Es gab zehn Tote.“

Guardian war überrascht: „Höre ich recht? Zehn?“

Mick deutete auf das Papier. „Und alle trugen dieses Zeichen.“

„Der Drache!“ murmelte der Wächter, als habe er nur halb zugehört. „Wir müssen auf der Hut sein, Mick! Wir müssen *sehr* auf der Hut sein!“

London, August 2006, Hyde Park

Dilara floß rastlos durch die Dunkelheit. Seit Calvin in Wales war, glaubte sie, ihre innere Mitte zu verlieren. Je länger sie ihren Gefährten kannte und ihr Leben mit ihm teilte, desto fester wuchs sie mit ihm zusammen. Um so enger wurde ihre Einheit und die innere Verbundenheit. Irgendwie hatte Dilara das Gefühl, daß auch die Macht des Schattenkelches ihre Verbundenheit nährte, und Dilara verspürte mehr und mehr die Empfindung, daß sie Calvin nicht zufällig begegnet war. Schon oft war diese Ahnung in ihr aufgeflackert, aber nun wurde sie beinahe zur Gewißheit. Häufig empfand sie ihn wie einen alten Vertrauten, als seien sie sich schon einmal in einem früheren Leben begegnet. Zu einer Zeit ihrer beider Ursprungs.

„Da bist du ja, Schwester!“

Dilara fuhr herum und sah in den dunklen Weiten des Hyde Parks einen Schatten Gestalt annehmen. „Guardian!“ Ihrer temperamentvollen Art entsprechend umarmte sie ihn und küßte ihn auf die Wangen, was er lachend quittierte.

„Wie immer stürmisch!“ Er strich ihr einige vorwitzige Locken aus dem Gesicht und schob sie von sich. „Laß uns ein wenig spazierengehen. Mir ist nach Bewegung.“ Er verzog das Gesicht. „Ich sitze eindeutig zu oft und lange hinter dem Schreibtisch. Das ist nicht gut... in meinem Alter“, schloß er doppeldeutig.

Dilaras perlendes Lachen erklang. Aber es hielt nicht – wie sonst – lange an, sondern wich einem für sie unnatürlichen Ernst.

Er beobachtete das mit Sorge, legte einen Arm um Dilaras Taille und zog seine Schwester im Weitergehen enger an sich. Etwas, was er selten tat. Selbst für Dilara war er weitestgehend der unnahbare Wächter, wenngleich er ihr, Calvin und Mick gegenüber hin und wieder aus sich herausging. Dennoch, obwohl Dilara und ihn geschwisterliche Bande einten, fühlte er sich ihr und den anderen gegenüber fremd. Als trenne sie eine Glaswand. Etwas war anders mit ihm als mit allen anderen Schattenwesen.

In diesem Punkt verstand er sich selbst nicht mehr.

Er war zeit seines Lebens ein Sonderling und Einzelgänger gewesen, hatte sich nirgendwo zu Hause, sich zu keinem richtig zugehörig gefühlt. Dennoch hatte er sich immer mehr „arrangiert“. Mit der dunklen Gesellschaft, in der er lebte, den Wesen darin und auch damit, daß er sich seiner Schwester gegenüber verpflichtet fühlte, als wohne eine Grundschuld in ihm. War das wirklich so?

Guardian wußte, daß auch ihm Erinnerungslücken auferlegt

worden waren. Er war sich nur unschlüssig, ob anderweitig oder von sich selbst. Instinktiv tendierte er zu letzterem, konnte aber nicht so recht begründen, warum das so war. Wollte er sich selbst vor etwas schützen? Oder war er noch nicht reif für das, was in ihm schwelte?

Er unterdrückte einen tiefen Seufzer. Sowenig narzißtisch er veranlagt war, so sehr fühlte er sich zu „Höherem" berufen. Nur: Welche Richtung diese Berufung hatte, war ihm noch schleierhaft. Jetzt, da er der Wächter des Schattenkelches war.

„Du bist ja sonst auch nicht grade der Alleinunterhalter, aber heute dringt nicht ein Wort über deine Lippen!" brachte sich Dilara amüsiert in Erinnerung.

„Stimmt! Entschuldige, ich war in Gedanken!"

„Was du nicht sagst!" zog sie ihn auf. Etwas von ihrem alten Übermut blitzte in ihren Augen auf. Dann näherte sich ihr Gesicht seinem. „Und da du so finster dreinschaust, können es keine angenehmen gewesen sein." Der Schalk in ihr verschwand. „Was bedrückt dich?"

„Das wollte ich eigentlich dich fragen", wich er aus.

„Mich?" Ihre grünen Augen erhielten einen melancholischen Ausdruck. „Kein Grund zur Sorge, auch wenn..."

„Mir Cal fehlt!" ahmte Guardian sie liebevoll nach.

Ein Schatten fiel über ihre Gesichtszüge. „Ja!" seufzte sie. „Er fehlt mir wirklich." Sie legte eine bedeutsame Pause ein. „Und ich spüre, daß er in Gefahr ist. Am liebsten würde ich ihm hinterherreisen."

„Das wirst du schön lassen!"

Dilara blickte ihren Bruder erstaunt an. Seine ruhige Art nahm immer hoheitsvollere Züge an, was ihr gefiel. Sie löste sich von ihm und schritt leichtfüßig neben ihm her. Längst hatten sie den Park verlassen und den Weg zu Dilaras Haus eingeschlagen. Dort angekommen, betraten sie es aber nicht, sondern blieben im Garten auf der Terrasse hinter dem Haus. Es war eine milde Sommernacht, und Dilara spürte die Unruhe ihres sonst so gelassenen Bruders.

Sie taxierte ihn mit ihren grünen Augen. „Ich frage dich noch einmal, was bedrückt dich, Guardian?“

„Bedrücken ist vielleicht zuviel gesagt.“ Der blonde, hochgewachsene Vampir zögerte. „Es ist eine Zeit des Umbruchs“, begann er vorsichtig.

„Ich weiß!“ Dilara hob das Gesicht dem Mondlicht entgegen, sprach wie in Gedanken weiter. „Und das bereitet dir Sorgen.“

„Ja.“ Guardian begann in ruhigen, gemessenen Schritten auf- und abzugehen „Und einiges mehr. Da ist auf der einen Seite der neue Rat...“

„Der dich beunruhigt?“

„Ja! Luna ist eine Schwachstelle in unserem Bund und...“

„Larvae in dem anderen“, fiel ihm Dilara ins Wort. Sie warf ihr dichtes Haar zurück. „Aber der neue Rat wird zusammenwachsen. Ganz bestimmt!“

„Es gibt noch etwas anderes.“ Sein Tonfall alarmierte die schöne Vampirin. „Mick war bei mir. Es hat neue Tote gegeben.“

„Aber die Bandenkriege sind doch weitestgehend beigelegt. Jetzt, wo die Clanoberhäupter des Rates der Schattenwelt für Ruhe sorgen.“

„Es sind keine Opfer von Bandenkriegen. Sie tragen alle ein asiatisches Zeichen: einen Drachen.“

Dilara stieß einen hellen Pfiff aus. „Donnerwetter.“ Dann zog sie nachdenklich die Stirn in Falten. „Denkst du das Gleiche wie ich?“

In Guardians hellblauen Augen blitzte es amüsiert. „Wenn ich in deinen schönen Kopf schauen könnte, wüßte ich es.“

„Da ist oft ein ganz nettes Durcheinander", kicherte sie.

Nun war es Guardian, der lachend meinte: „Was du nicht sagst!"

Dilara nickte ernst. „Besonders im Moment!" Sie machte eine temperamentvolle Handbewegung. „Ich denke da an eine Stelle in der Schattenchronik, die besagt, daß aus der Welt der Mitte eine Gefahr für unsere Art droht..."

„Im Zeichen des Drachen!" Guardian blieb abrupt stehen. „Du hast recht. Aber ja, jetzt wird mir einiges klar. Bemerkenswert ist in dem Zusammenhang auch noch, wo die Toten gefunden wurden."

„Und wo?"

„In einer der alten Opiumhöhlen des ehemaligen Chinatown."

„Das ist ja interessant. Die Fäden führen langsam zusammen", murmelte Dilara.

„Wie bitte?"

„Lunas Konzern wird eindeutig aus Asien unterwandert. Die Toten tragen das Zeichen des Drachen und werden ausgerechnet in Chinatown gefunden. Asien. Alles deutet darauf hin, daß die Gefahr aus Asien kommt."

Die Miene des Wächters wurde hart. „Aber wir werden dem Drachen die Flügel stutzen, bevor er seine Klauen aus Stahl ausfahren kann!"

Wales, August 2006

Als Calvin am nächsten Mittag zum zweiten Mal auf den Berg stieg, kam ihm der Weg bereits vertraut vor. Wie war das möglich? Noch am vorherigen Tag hatte er eindeutig eine negative Ausstrahlung verspürt. Da sich der Ort kaum verändert haben konnte, lag die Vermutung nahe, daß sich *Calvin* verändert hatte.

Über den niedrigen Heckenkirschen summten Insekten. Ein schwarzglänzender Käfer kreuzte seinen Weg, und Calvin fühlte in sich eine Gelöstheit und Erwartung, die er nicht erklären konnte.

Die Ruine stand tot wie schon am Vortag inmitten des häßlichen Brandflecks. Doch nun war Calvin bewußt, daß das Haus nicht schlecht gewesen war. Nicht schlecht, sondern einfach nur… *anders*. Wie er selbst. Und die Menschen haßten Dinge, die anders waren. Oder sie verspürten Angst davor. Hatten die Atheds aus diesem Grund ihr Leben in diese Abgeschiedenheit verlegt?

Calvin umrundete die Ruine einmal, zweimal. Ihm fiel nichts auf, nur die klagenden Augenhöhlen der Fenster und die offenkundige Abwesenheit allen Lebens.

Und wieder überkam ihn das Gefühl, angestarrt zu werden. Am Vortag hatte er es dem Haus zugeschrieben, doch nun spürte er, daß es damit nicht zusammenhing. Da war *doch* Leben! Aber nicht in der Ruine, sondern höher, den Gipfel hinauf. Gab es dort nicht eine Art ausgetretenen Pfad?

An diesem Tag konnte er die Bergspitze deutlich sehen, eine schrundige, basaltene Felskuppe, zerklüftet und von tiefen Rissen durchzogen – wie der Buckel eines Wals.

Etwas knirschte unter seinen Sohlen, als er dem schmalen Pfad folgte. Moment, dachte er, gestern..., und dann sah er es: Einen Meter vor ihm lag ein weiterer Knochen, und… da… noch einer, und noch einer, und…

„Bleib… wo du bist!“ erklang die Stimme aus einer Spalte rechts von ihm, die eigentlich viel zu schmal war, um einen

Menschen einzulassen. Die Stimme war uralt. Calvin hatte sie gefunden. Sein Geist arbeitete fieberhaft. Die Frau auf der Fotografie mußte entweder seine Urgroßmutter oder Großtante sein. Das bedeutete, daß sie neunzig, womöglich über hundert Jahre alt war.

Das Sprechen bereitete ihr offensichtlich Schwierigkeiten, vielleicht sogar Schmerzen.

Calvin vermutete, daß sie entstellt war, bis zur Unkenntlichkeit verbrannt. Angestrengt versuchte er, das Dunkel vor seinen Augen zu durchdringen.

Da war nichts – oder doch, eine schwache, kaum wahrnehmbare Bewegung.

„Hast du… mir etwas mitgebracht?“ fragte die Stimme.

„Etwas?“ Er wußte nicht, was sie meinte.

Ein wahnsinniges Kichern war ihre Antwort. „Etwas Lebendiges! Oh, ich bin so hungrig!“ klang es nun fordernder, fast verzweifelt.

„Vielleicht habe ich etwas für dich, aber zuerst möchte ich Antworten von dir.“

„Zuerst Essen!“

Calvin seufzte. Er hätte die Frau mühelos überwinden, seine Gestalt wechseln und in ihren Bau eindringen können. Doch er ahnte, daß er auf diesem Wege keine Antworten bekommen würde.

Um die Geduld des Wesens, dem die Stimme gehörte, schien es auch nicht sonderlich gut bestellt, denn als er zögerte, sagte es: „Ich fühle… daß das Blut der Atheds… durch deine Adern fließt! Brauchte dich nicht einmal… zu sehen. Alle Atheds… sind verflucht!“

„Aber du bist doch auch eine von uns!“

„Ich? Ja, ich war eine Athed, vor langer Zeit… kann mich kaum erinnern… Florence… ich war hübsch…“

„Bis das große Feuer kam!“

Ein Zischen aus der Höhle war die Antwort: „Furchtbares Feuer! So heiß, überall, kein Entkommen… sprich nicht von dem Feuer!“ wimmerte sie, um sogleich wieder zu verstummen. Calvin befürchtete, sie könne sich tiefer in den Spalt zurückgezogen haben und jede weitere Auskunft verweigern.

Doch als er schon nicht mehr damit rechnete, vernahm er die Stimme von neuem, viel näher als vorher. „Sie haben uns… verbrannt!“ sagte sie. „Haben es… versucht! Kamen herauf… aus ihrem Dorf. Doch viele haben dafür bezahlen müssen… vor langer Zeit. Haben uns nicht ausrotten können. Habe überlebt… und Ruth.“

„Was ist mit meiner Mutter geschehen? Hast du sie getötet?“

„Es ist lange her, seit sie hier war. Ruth, meine geliebte Ruth… habe sie aus den Flammen gerettet“, jammerte die Stimme, ohne auf seine Frage einzugehen. „Während mein Bruder… seine Frau… und Lynn darin starben. Konnte es nicht verhindern.“

„Ob du sie getötet hast, will ich wissen!“

„Ein Athed tötet keinen Athed!“ antwortete sie vorwurfsvoll.

„Wo ist sie?“

„Zuerst Essen!“ Ihre Stimme ließ keinen Zweifel daran, daß sie entschlossen war zu schweigen, wenn er ihre Forderung nicht erfüllte. Calvin überlegte, wie er ihr das Gewünschte herbeischaffen könnte. Sollte er nach Brynddumaen zurückkehren und am nächsten Tag wiederkommen?

„Gut!“ sagte er. „Du sollst bekommen, was du verlangst. Ich werde es jetzt holen.“ Er verließ seine Position und ging einige Schritte den schmalen Pfad hinunter zur Ruine. Nun, da er die traurige Geschichte erahnte, die sich hier vor sechzig Jahren abgespielt hatte, betrachtete er die schwarzen Mauern mit anderen Augen. Doch vermutete er, daß sich ihm nur ein Bruchteil der Wahrheit offenbart hatte.

Er entschloß sich, zu einer List zu greifen, und wickelte einen etwa faustgroßen Stein in sein Halstuch, kehrte zur Höhle zurück und legte das Bündel vor den Eingang. Der felsige Grund war hier von Tausenden winziger Knochen, Haaren und Zähnen übersät.

Er hatte richtig kalkuliert. Wenige Augenblicke später schob sich eine Hand tastend aus dem Spalt und griff nach dem vermeintlichen Opfer. Ihre Fingernägel waren zu gräßlichen Klauen gewachsen und in unterschiedlichen Längen abgebrochen. Sie ähnelte kaum der Hand eines Menschen.

Calvin packte sie und zog daran. Aus der Höhle drang ein Laut der Bestürzung. Er achtete nicht darauf und zerrte mit ganzer Kraft. Aus den Schatten tauchte ein Gesicht auf, umrahmt von langem, verfilztem Haar, das der ausgemergelten Gestalt wie ein Mantel bis auf ihre Fesseln fiel. Selbst darin waren kleinere Knochen und Zähne eingewoben.

„Nein,... die Sonne... nicht!“ Sie spuckte ihm ins Gesicht und zerkratzte seinen Arm bis aufs Blut.

„Wo ist sie? Sprich!“ Calvin ignorierte den Schmerz und zog die Alte noch ein Stück weiter ins Licht. Sie gebärdete sich wie wahnsinnig und entwickelte unglaubliche Kräfte. „Sag es!“

„Weiß... es... nicht“, röchelte sie und versuchte, sich von ihm wegzudrehen. „War hier... vor vielen Jahren. Stellte mir dieselben Fragen wie du.“

„Welche Fragen?“

„Nach dem Feuer... und ihren Eltern... wollte mehr wissen.“

„Und dann? Wohin hast du sie geschickt?“

„Nach... Holywell,... ihr Vormund... Dr. Bedlam...“

„Ein Arzt?“

„Nein… der Notar… der Familie.“ Sie keuchte und riß sich mit einer verzweifelten Geste los. Calvin ließ es geschehen und empfand nur noch Mitleid. Sie war nicht durch eigene Schuld zu dem geworden, was sie nun war. Es waren die Menschen gewesen, die sie und ihresgleichen nicht verstanden hatten.

Aber *was* war sie gewesen? Und *was* war sie nun?

Aus dem Innern der Höhle drang ein haltloses Wimmern. Calvin überlegte, wie er ihr helfen sollte. Sie war seine Großtante. Wahrscheinlich die einzige Verwandte, die noch lebte. Konnte er sie zurücklassen? Was sonst sollte er tun? Sie hatte *immer* hier gelebt und kannte wahrscheinlich keinen anderen Ort auf der ganzen Welt.

„Leb wohl, Tante Florence“, murmelte er, während er sich von dem Riß im Gestein abwandte und den langen Rückweg nach Brynddumaen antrat.

Irgendwo in London, August 2006

Der Jäger blickte sich gehetzt um, sah nur nachtschwarze Straßen und Reflexionen blitzender Lichter auf nassem Asphalt. Keine Bewegung. Und doch fühlte er, daß sie ihm schon sehr nahe waren. Er hatte keine Ahnung, wer oder *was* sie waren, und er konnte nicht sagen, seit wann sie ihm folgten. Seine geschärften Vampirsinne meldeten ihm irgendwann, daß er sich in Gefahr befand. Seit einiger Zeit sickerte durch, daß ein Gegner aus dem Reich der Mitte Jagd auf Vampire machte.

Der Jäger schlug Haken und Finten, doch seine Gegner – er war überzeugt davon, daß es mehrere waren – schienen jede seiner Bewegungen vorauszuahnen. Am leichtesten wäre es wahrscheinlich gewesen, hätte er sich in eine andere Seinsform verwandelt, doch er fürchtete den kurzen Moment größter Verwundbarkeit, der zwischen seiner menschlichen und einer anderen Gestalt lag.

Er bog in eine enge Gasse und erkannte sofort, daß das ein Fehler war. Eine bestimmt drei Meter hohe Metallwand versperrte ihm nach nur zwanzig Metern den Weg. Es gab keine Möglichkeit, sie zu überwinden, und er sah auch keine Tür. Rechts und links der Barriere ragten mehrstöckige Häuserwände auf. Er war an einer Feuertreppe vorübergekommen. Sollte er dahin zurücklaufen?

Nein, er mußte sich verwandeln! Jetzt!

In diesem Augenblick verdunkelten Schatten das andere Ende der Gasse.

Verdammt! Sie hatten ihn erwischt!

Der Jäger, nun selbst in der Rolle des Gejagten, verwandelte sich in etwas, das große Ähnlichkeit mit einer Fledermaus besaß. Egal, wenn sie ihn dabei beobachteten. Er mußte sein Wissen weitergeben, koste es, was es wolle.

Knatternd entfalteten sich seine Schwingen, und er fühlte sich von der verdrängten Luft in die Höhe gehoben.

Doch es war zu spät.

Mit großer Zielgenauigkeit geworfen, rasten silberne Blitze auf ihn zu und trafen ihn an mehreren Stellen gleichzeitig. Seine noch nicht ganz abgeschlossene Verwandlung wurde unterbrochen, und er stürzte zu Boden.

Der Schmerz in den Stellen seines Körpers, die getroffen worden waren, war so groß, daß er die weiteren Einschläge nicht mehr verspürte. Das letzte, was er in seinem untoten

Leben sah, waren die Waffen, die ihn ins Verderben gestürzt hatten.

Es handelte sich um scharfzahnige Wurfsterne.

London, August 2006, Scotland Yard

Das Zeichen des Drachen, das er an den Leichen gefunden hatte, ließ Mick nicht mehr los. Vor allem, wenn er Lunas Probleme bedachte, die eindeutig aus Asien gesteuert wurden, fühlte Mick eine Vorahnung in sich reifen, daß sie einer gewaltigen Gefahr entgegensahen. Auch wenn er sie noch nicht greifen konnte.

Ihm bereitete es ebenso wie Guardian Kopfzerbrechen, daß der Bund der Fünf im Moment geschwächt war, durch Calvins Abwesenheit und der damit verbundenen Zerrissenheit, die sich immer mehr in Dilara manifestierte. Lunas Imperium war ebenfalls gefährdet und sie somit geschwächt.

Und da war noch etwas, das Mick unablässig beschäftigte. Dilara hatte ihm die Stelle in der Schattenchronik gezeigt, in der von einer Gefahr die Rede war, in Gestalt eines Drachen, dem sie alle nur trotzen konnten, wenn sie einig waren.

Der Voodoovampir-Cop stieß einen leisen Fluch aus. Der Bund der Fünf geschwächt, und der Bund der Clans, der sie vervollkommnen sollte und mit ihnen den neuen Rat der Schattenwelt bildete, hatte noch nicht die Stabilität erreicht, die ihnen allen als Gemeinschaft Sicherheit gab und die sie ausbauen konnten.

Und gerade jetzt schienen sich die Mordfälle in eine andere Richtung zu bewegen – vor allem von überall auf sie zuzukommen. Der unsichtbare Gegner versuchte, sie regelrecht einzukesseln und wie Wild in eine ausweglose Situation bringen zu wollen.

Mick ließ einen weiteren Fluch frei. Es könnte alles so schön sein, dachte er. Seit sie die Magie des Schattenkelches entfesselt hatten, war in ihnen allen eine Kraft freigeworden, die sie zum Schutze ihrer Rasse nutzen wollten.

Und nun drohte ihnen eine uneinschätzbare Gefahr.

Er war schon immer ein Mann der Tat gewesen. Ein *Cop* der Tat. Und es war angebracht, endlich Herr der Situation zu werden. Das war er sich und seiner Polizeiarbeit schuldig, aber auch dem Bund der Fünf.

Fieberhafte Unruhe machte sich in ihm breit. Er angelte nach seinem Schlüsselbund und sah sich schon mit seiner Maschine durch London brausen.

Er mußte an den Tatort!

Wieder fiel ihm Luna ein, und er dachte daran, daß ein asiatischer Konzern ihr Kosmetikimperium untergrub. Es mußte eine Verbindung zu alledem geben.

Nur welche?

„Der Drache", murmelte Mick. „Das ist die Verbindung. Fragt sich nur wozu? Zu wem?"

Ich könnte Kontakt zu Greg aufnehmen, grübelte er, sicherlich würde er mir helfen. Aber seit Delphines Seele eigenständig in Erscheinung getreten war, hielt sich Mick bewußt zurück. Er scheute sich geradezu, in die Welt der Toten einzutauchen. Als wolle ihn seine Urseele dafür bestrafen, daß er sich und seine wahre Natur verleugnete, verspürte Mick unsagbaren Hunger – auf Menschenfleisch.

Nein! Nicht jetzt!

Krampfhaft versuchte er, sich auf die Toten im alten Chinatown zu konzentrieren und seinen speziellen Appetit zu ignorieren. Wieder ging ihm Delphines Lachen durch den Kopf und Dilaras warnende Worte, daß „diese Frau eine fleischgewordene Gefahr“ war, aller Laster Anfang, machtgierig, skrupellos, und daß sie darüber hinaus mit dem Teufel in einem besonderen Bunde stand. Doch diese Frau lag ihm längst im Blut. Er erinnerte sich, wie er Dilara geantwortet hatte, daß sich Delphine doch dann in nichts von den anderen Schattenwesen unterscheide.

„Wir sind doch alle Höllenwesen! Es gibt keinen Unterschied zwischen ihr und uns!“

„Doch“, flüsterte Dilara. „Sie hat keinerlei Ethik und Moral.“

„Und das aus dem Munde einer Vampirin!“ hatte Mick gereizt gesagt.

Ihr Blick war traurig geworden und schnitt ihm ins Herz. „Du weißt, daß uns beides nicht fremd ist. Denn auch du befolgst sie.“

Mick schüttelte den Kopf, als wolle er die Gedanken an Dilara und Delphine damit vertreiben.

„Frauen!“ schnaubte er und warf einen letzten Blick auf den Monitor seines Laptops, auf dem ein besonders übel zugerichtetes Opfer flimmerte. Der jungen Frau hatte man beinahe zwanzig Schnittverletzungen mit einem skalpellartigen Messer zugefügt, so, als habe man sie gefoltert und schließlich mit einem sauberen Schnitt die Kehle durchtrennt.

Wieder verspürte er diesen beinahe unbezwingbaren Hunger auf Menschenfleisch, den er aber niederkämpfte.

„Damned!“ fluchte er und betrachtete einen Körperteil der Leiche näher. „Ein asiatischer Drache. Was hat das nur alles zu bedeuten? Aber dem werde ich auf die Schliche kommen! Das wäre doch gelacht!“

Der Voodoovampir-Cop schnappte sich seine Waffe, auf

die er sonst eigentlich immer verzichtete, und sah flüchtig auf den leeren Arbeitsplatz ihm gegenüber. Gottlob war Mills unterwegs, so daß er ungehindert agieren konnte. Der Neue war ihm immer noch nicht geheuer. Aber das war bei Greg Lane nicht anders gewesen, und nach dem Tod des Partners hatte er bemerkt, daß ihm dieser doch fehlte.

Greg, dachte er und verspürte wieder das Verlangen, mit der Seele seines verstorbenen Partners in Kontakt zu treten. Auch nach Cassandra sehnte er sich. Ihre menschliche Wärme fehlte in seinem sonderbaren Doppelleben. Mick fühlte sich trotz des Bundes der Fünf einsam. Jetzt, wo Cassandra gegangen war.

Von dir gegangen wurde, durchzog es ihn zynisch und nährte sein schlechtes Gewissen. Nur allzu bereitwillig löste er sich von dem Gedanken und dachte wieder an Stephen Mills, seinen bereits dritten Partner in kurzer Zeit.

Du verschleißt Partner wie andere Menschen Unterhosen, maulte er lautlos in einem Anfall von schwarzem Humor.

Er schnappte sich seinen Sturzhelm, besann sich dann aber der sommerlichen Temperaturen und beschloß, ohne Helm zu fahren.

Du bist nicht gerade ein gutes Vorbild, Mick Bondye, feixte er insgeheim, konnte aber dem Wunsch nicht widerstehen, den kühlen Fahrtwind zu genießen.

London, August 2006, LUNA-Tower

Mike O'Connell wäre vermutlich entsetzt gewesen, hätte er geahnt, in welche Gefahr sich seine Chefin an mehreren

Abenden in der Woche begab. Als es dunkel wurde, unterbrach sie sämtliche Kommunikationsverbindungen und löschte das Licht in ihren Büros. In der oberen Etage des LUNA-Towers befanden sich ihre Privaträume. Mit dem Aufzug fuhr sie zwei Stockwerke höher, die nur auf diesem Wege zu erreichen waren. Luna schlüpfte aus ihrem Kostüm und betrachtete sich selbstgefällig in einem raumhohen Spiegel. Sie war einfach perfekt. Und an diesem Abend würde sie ihre Vollkommenheit nutzen und auf Beutefang gehen. Der Teil in ihr, der von der Mondgöttin Coyolxa überlebt hatte, erfreute sich nach wie vor an den Schmerzen und dem Leid anderer. Doch es dürstete sie auch nach Blut. Es gab genügend Männer, die sich ihr bereitwillig hingaben und unter ihren geschickt dosierten Qualen höchste Lust empfanden. Sie waren sogar bereit, für sie zu sterben, und sie ließ keinen von ihnen am Leben. Sie empfand es als *sauberer*, ihr Spiel konsequent zu Ende zu bringen. Wie eine Schwarze Witwe, die ihren Partner nach der Paarung tötete.

Ja, dieses Bild gefiel ihr. Sie wählte aus ihrer Garderobe einen hautengen, schwarzen Latexdreß, zog darüber einen leichten Mantel und trat hinaus auf den Altan, der den Turm wie ein breiter Wehrgang umlief. Luna wußte, wo sie am leichtesten ein Opfer fand. Sie hatte ihr Revier sorgfältig erkundet und kannte seine Gefahren und Möglichkeiten. Einer der Orte, die sie am liebsten aufsuchte, war der *Bite Club*, offenbar eine Verballhornung des Wortes Night Club, aber recht zutreffend, wenn sie an das dachte, was sie vorhatte.

London, August 2006, Bite Club

Luna hatte den Jungen mit den Mandelaugen und dem langen, seidigen, schwarzen Haar den ganzen Abend über beobachtet. Die Art, wie er ihre Blicke erwiderte, sagte ihr, daß er den Köder geschluckt hatte. Er begehrte sie. Wie sollte er auch anders. Sicher, sie war nicht die einzige gutaussehende Frau hier, doch an ihre Ausstrahlung kam keine der jüngeren heran. So war es nicht verwunderlich, daß sie die Blicke der meisten Männer auf sich zog.

Der Club an der Charing Cross Road war in den sechziger Jahren eine der Geburtsstätten des Beats gewesen. In den Siebzigern hatten ihn die Anhänger der Flower Power-Generation für sich in Anspruch genommen. Zehn Jahre später war sein Ambiente dem kühlen Sound des New Waves angepaßt worden, doch inzwischen tanzte man hier in Trockeneisnebeln zu den stampfenden Beats und markerschütternden Bässen des Industrial-Rocks.

Diese Musik war Luna Sangue so fremd wie jede andere. Sie kam hierher, weil sie es mochte, wie sich die Besucher kleideten. Sie selbst fiel hier auch in ihrem freizügigen Dreß nicht auf. Nicht wenige hatten sich bis auf ihre Unterwäsche ausgezogen, und einige trugen nichts auf ihrer Haut als Tattoos und Piercings.

Luna prostete dem Jungen zu. Er antwortete ihr mit einem Lächeln, erhob sich von seinem Platz an der Tanzfläche und kam zu ihr herüber.

Es hatte keinen Zweck, sich inmitten des infernalischen Lärms unterhalten zu wollen. Deshalb gab er ihr durch einen Wink zu verstehen, daß sie ihm zum Ausgang folgen solle, wo es eine Art Chill-Out-Zone mit Kaffeebar gab.

Luna schloß sich ihm an und berührte ihn dabei wie zufällig.

Sie fühlte seinen kräftigen, raschen Puls und witterte die Aufregung, die sich seiner bemächtigt hatte. Er gefiel ihr immer mehr. Sie legte ihm ihre Rechte auf die Schulter, sagte, ihren Mund ganz nah an sein Ohr bringend: „Ich will dich! Komm mit zu mir!“ und übernahm die Führung, indem sie seine Hand ergriff und ihn hinter sich herzog. Sie gelangten hinaus in die Nacht, die voll von pulsierendem Leben war. Die Lichter Sohos warfen bunt flackernde Schatten, wenn die Menschen an ihnen vorübereilten. Luna umarmte den Jungen und küßte ihn so tief, als wolle sie seine Seele in sich aufsaugen. Noch immer hatten sie kein Wort miteinander gewechselt. Doch das war für das, was sie vorhatte, auch nicht von Bedeutung.

Am liebsten wäre sie auf dem schnellsten Wege mit ihm zum LUNA-Tower geeilt oder noch besser: hätte ihn in eine der engen Seitenstraßen gezerrt und sich gleich dort an ihm gütlich getan. Für diesen Abend plante sie aber ein besonderes Vergnügen.

Luna hielt ein Taxi an und flüsterte dem Fahrer zu, wohin er sie bringen sollte. Der Junge mußte das nicht wissen, obwohl er die Nacht ohnehin nicht überleben würde. Beinahe ist es schade um ihn, dachte sie. Er war ein Spielzeug, das sie wahrscheinlich mehr als nur eine Nacht unterhalten hätte.

Während sich der Taxifahrer mit erstaunlicher Gelassenheit seinen Weg durch den selbst zu dieser späten Stunde dichten Londoner Verkehr bahnte, setzte Luna ihr Spiel fort und spürte, wie auch der Junge immer mehr in Erregung versetzt wurde, spürte seine forschenden Hände auf der hauchdünnen Latexschicht, die sie wie eine zweite Haut umschloß. Sie liebte dieses Gefühl der indirekten Berührung. Es gab noch einen zweiten Grund, warum sie das Material so sehr bevorzugte. Es verhinderte, daß ihre Opfer fühlten, wie *kalt* ihr Körper tatsächlich war.

Endlich erreichten sie den LUNA-Tower. Die Vampirin steckte dem Taxifahrer ein großzügiges Trinkgeld zu, damit der vergaß, wen er in dieser Nacht gefahren hatte, dann zerrte sie den Jungen hinter sich her.

Ihr scheckkartenähnlicher Schlüssel öffnete ihnen die Tür zum Seiteneingang, von wo aus sie direkt zu ihrem Privataufzug gelangten. Zufrieden nahm sie die erstaunten Blicke des Jungen zur Kenntnis, die alle Details aufzusaugen schienen. Sie hatte es nicht nötig gehabt, bei der Einrichtung ihres Refugiums Geld zu sparen. Daher waren nur die edelsten Materialien verbaut worden.

Die Tür des Aufzuges glitt auf. Sie betraten die Kabine, und als sich die Tür schloß, küßte Luna den Jungen erneut. Ihre Zunge glitt über seinen Hals. Vorsichtig ritzte sie seine Haut mit einem ihrer Eckzähne. Der Laut, den ihr Opfer von sich gab, war lustvoll. Daraufhin biß sie fester zu, jedoch ohne sein Blut zu trinken, und verstärkte ihre Umklammerung.

London, August 2006, Stadtmitte

Die Vampire hatten sich im Laufe der Jahrhunderte hervorragend an das Leben unter den Menschen angepaßt. Rasch hatten sie bemerkt, daß es günstiger für das Fortbestehen ihrer Art war, wenn sie unerkannt blieben. Jeder hatte seine eigene, unvergleichliche Weise zu jagen entwickelt.

Estelle, die im Alter von achtzehn Jahren den Kuß der Verdammnis empfangen hatte, verließ ihre Dachgeschoßwohnung immer erst nach Anbruch der Dunkelheit. Sie jagte selten zweimal im selben Revier. London war groß und voller

Möglichkeiten. Und die Vampirin hatte sich einige Orte ausgesucht, an denen es besonders leicht war, Kontakte zu knüpfen. Dabei kam ihr ihre ausgesprochen verführerische Erscheinung zugute, die sie schamlos nutzte. Nun, nicht weniger schamlos als die menschlichen Konkurrentinnen, die sie an solchen Orten traf... auf einsam gelegenen Parkplätzen, in schummrigen Bars, in verrufenen Nebenstraßen. Sie warfen ihr neidische Blicke zu, wenn sie wieder einmal die erste war, die von einem Freier zu dessen Auto gewunken wurde und mit ihm davonfuhr.

Die Gefahren, denen sich ihre Kolleginnen dabei aussetzten, fürchtete sie nicht. Es war für sie von vornherein klar, wer in dieser Nacht das Opfer und wer die Beute sein würde, und sie genoß dieses leichte Spiel, das sie beinahe bis zum Ende mitspielte.

Sie hatte allerdings auch von den Morden an ihresgleichen gehört, die es in letzter Zeit immer häufiger gegeben hatte. Doch es war unwahrscheinlich, daß es sie treffen würde. Sie besaß keine Macht, spielte keine Rolle in irgendwelchen Ränkespielen.

Ein goldfarbener Mustang hielt am Straßenrand. Der Fahrer ließ die Scheibe herunter und beugte sich zur Beifahrerseite. Er war jung und sah gut aus, schien aber nicht europäischer Abstammung zu sein.

„Na, wie wär's denn mit uns beiden?“ Estelle spulte den Text wie ein Tonband ab, ohne daß ihre Stimme gelangweilt klang. „Was haben wir denn heute abend vor?“

Der Mann musterte sie aus seinen leicht schräggestellten Augen. Er sagte seltsamerweise nichts. Sprach er ihre Sprache etwa nicht?

„Hey, wenn du nur zum Gaffen hergekommen...“

Plötzlich hatte er einen Revolver in der Hand. Die Vampirin kam gar nicht mehr dazu, etwas zu sagen. Der Mann drückte kaltblütig ab. Dann fuhr er mit quietschenden Reifen an und jagte über die Stadtstraße in Richtung Zentrum.

Estelle wurde von dem unbeschreiblichen Schmerz förmlich verzehrt. Er brannte ihr Innerstes aus, bis nur noch die Hülle übrigblieb. Bevor ihre dunkle Seele verging, dachte sie an die Nachricht, die sich wie ein Lauffeuer in den Kreisen der Vampire verbreitet hatte. Über die dunkle Gefahr aus Asien, die Jagd auf Vampire machte.

London, August 2006, Chinatown

Mick lenkte seine Maschine durch die eigene Welt von Chinatown, inmitten der Stadt. Im Vorbeifahren las er die zweisprachigen Straßenschilder. Es war, als tauche man in eine andere Kultur ein. Er dachte an das Dossier, das er über Chinatown gelesen hatte – über die kleine chinesische Gemeinde, die im 19. Jahrhundert ihren Ursprung nahm und in den 50er Jahren dann ihre wahre asiatische Pracht entfaltete.

Wäre schön, wenn Cassandra jetzt hinter mir herführe, dachte er.

Es hatte immer Spaß gemacht, mit ihr zusammen auf den Maschinen durch das nächtliche London zu brausen.

Mick bog in die Gerrard Street ein und fuhr an den Restaurants, Supermärkten und illegalen Spielhöllen in den düsteren Kellergewölben vorbei. Das Gros der Touristen besuchte Chinatown wegen des Essens. Das konnte er nur zu gut verstehen, denn er liebte die Nudelgerichte, die die besten von ganz London waren. Wieder fiel ihm Cassandra ein, mit der er mehrmals hier gegessen hatte. Ein Schmunzeln huschte über sein Gesicht. Seine pummelige Partnerin hatte beim ersten Mal ordentlich zugelangt, und es war ein heiterer Abend gewesen, der ihm lebhaft in Erinnerung blieb. Er hatte es so genossen, endlich einmal mit einer Frau zu essen, die nicht eine wandelnde Kalorientabelle war und jedes Salatblättchen zählte. Doch leider war der nächste Abend in Chinatown nicht so unbeschwert verlaufen, denn Cassandra hatte wohl beschlossen, in die Fraktion der essenstechnischen Spaßbremsen zu treten und zu diäten. Mick dachte daran, daß er sie am Anfang auch auf ihren Rubenskörper reduziert hatte. Dabei hatte er sehr schnell neben ihrem wonnigen Charakter auch an ihrer fleischlichen Hülle Gefallen gefunden. Mick leckte sich genüßlich über die Lippen, als er an ihr pralles Fleisch dachte. Nein, schalt er sich, so nicht!

Er erreichte eine verlassenere Gegend in Chinatown. Dort, wo leerstehende Opiumhöhlen und heruntergekommene Häuser davon zeugten, daß es auch Elend unter den Einwanderern gab. Elend und Verbrechen!

Wie die zehn Toten deutlich zeigten.

Mick fuhr in eine dunkle, einsame Gasse. Der Polizist in ihm schlug zwar sofort Alarm, sich nicht unnötig in Gefahr zu begeben, aber er hatte längst Blut geleckt. Sein Motorrad stellte er auf dem Bürgersteig vor dem Gebäude ab, in dem die Leichen gefunden worden waren, und sah sich nach allen Seiten um. Ihn beschlich das Gefühl, beobachtet zu werden, doch er ignorierte es, weil es in ihm brannte, dem Geheimnis des Drachenzeichens auf die Spur zu kommen.

Der Cop warf einen Blick in den Nachthimmel und schlich dann geschmeidig wie ein Panther auf das Haus zu, vor dessen Eingang eine schmale Treppe in das Kellergeschoß führte. Geduckt stieg er die Stufen hinab, blickte sich dabei immer wieder um und versetzte der wurmstichigen Holztür einen kräftigen Tritt. Knarzend schwang sie nach innen, und Mick folgte ihr, als ein Geräusch erklang, das weder von der Tür noch von Ratten, die hier sicherlich hausten, herrührte.

Aus den Augenwinkeln nahm er eine Bewegung wahr, doch ehe er reagieren konnte, spürte er einen harten Schlag auf den Hinterkopf. Bevor er fluchen konnte, wurde es auch schon schwarz um ihn herum.

WER NICHT AUF DAS KLEINE SCHAUT, SCHEITERT AM GROSSEN

Laotse

„Mick! Wach auf! Du schwebst in Gefahr!"

Diese feminine Stimme und die Wärme darin weckten Erinnerungen.

„Cassy?" murmelte er.

„Du mußt wach werden und versuchen, dich zu befreien. Sonst..."

Das war nicht Cassy... und doch kannte er diese Stimme...

„Jaaaa... natürlich kennst du sie!" Das Lachen kroch in seinen Körper und erfüllte ihn mit Leben.

„Wo bin ich?" murmelte er.

„In einem heruntergekommenen Schuppen in Chinatown. Man hat dich niedergeschlagen und gefesselt!"

Jetzt erklang eine andere Stimme in ihm. DAS war Cassy.

„Cassy!" murmelte er, hörte aber noch etwas.

Da waren zwei Frauen!

„Genau!" Das Kichern kam eindeutig aus zwei Kehlen.

„Da staunst du, was?" Cassys Lachen war warm wie ein Monsunwind.

„Allerdings." Mick stöhnte. In seinem Schädel summte ein ganzer Hornissenschwarm. Aber langsam hatte er das Gefühl, daß sein Bewußtsein zurückkehrte.

„Gut so! Das wurde auch Zeit. Du schwebst in Gefahr und mußt fliehen, bevor sie zurückkommen! Und nun höre gut zu, was dir Blondie zu sagen hat. Es ist wichtig!" Cassys Lachen entfernte sich, und bevor Mick protestieren konnte, durchzog ihn wieder das erotisierende Prickeln, das nur eine in ihm hervorrief: Delphine.

„Hör gut zu, mein Supercop!" gurrte sie.

Er spürte, wie sich sein Körper spannte. „Was willst du von mir, Delphine?"

„Dir helfen!“

„Was du nicht sagst!“

„Ja, mein schöner Götze!“ Delphines Seele entfaltete sich sehnsuchtsvoll.

„Das hörte sich beim letzten Mal aber völlig anders an. Da hast du sogleich Forderungen gestellt!“

Delphines Seele spannte sich, ein ungeheures Feuer brannte darin, wenn sie an Mick dachte, und jetzt erst recht, wenn er ihr so „nah“ war.

„Eine, mein Schatz, eine... und davon hättest auch du enorm was!“ Ihr Kichern erhielt wieder eine frivole Note. „Das kannst du dir in deinen kühnsten Träumen nicht vorstellen!“

Mick ahnte, daß sie recht hatte. Aber er wollte die Möglichkeit, sie zurück ins Leben zu holen, gedanklich erst gar nicht an sich heranlassen. Im Moment war sowieso nicht der Augenblick, sich damit zu beschäftigen.

„Da hast du allerdings recht, mein Liebster. Erst gilt es, dich aus der Gefahrenzone zu bringen. Dazu zählt auch, daß du ein wenig über die erfahren solltest, von denen dir – aber auch den anderen – Gefahr droht. Es gibt da jemanden, der eurer Rasse den Kampf angesagt hat, und der euch vernichten will. Euch alle! Und das kann er am besten, wenn er die Obersten in seine Gewalt bringt!“

„Du meinst den Rat der Schattenwelt?“

„Richtig. Und einen hat er schon: Dich!“

„Da haben sie sich aber zu früh gefreut. Ich habe noch den ein oder anderen Trick auf Lager“, schimpfte der Voodoovampir-Cop.

Das Kichern floß sensibilisierend in seine Seele. „Das war mir klar! Doch nun höre, was ich dir zu sagen habe. Es gibt eine Loge in London... in Chinatown. 'The Hermetic Order of the Dragon'.“

„Den Orden des Drachen?“

„Genau! Und ihr werdet ihm trotzen müssen! Ihm und seinem Oberen Götzen. Begreifst du es?“ Delphines Seelenwärme streichelte ihn. „Ab jetzt stehen sich zwei beinahe gleichwertige Kräfte gegenüber, die klaren Spielregeln folgen müssen. Der Eröffnungszug wurde bereits getan. Von der Gegenseite!“

„Wer ist die Gegenseite? Verrate es mir, Delphine.“

„Das kann ich leider nicht!“ drang es bedauernd zu ihm herüber. Und dann fordernder: „Und nun beeile dich! Dilara ist in Gefahr!“

London, August 2006, Hyde Park

Nachdem Guardian in seine unterirdische Welt zurückgekehrt war, zog es Dilara nicht in das Haus, das ihr unerträglich leer vorkam, seit Calvin abgereist war, sondern in die Dunkelheit des Hyde Parks.

Das Gespräch mit ihrem Bruder, aber noch mehr die Trennung von ihrem Gefährten und das undefinierbare ungute Gefühl, daß sich ihnen eine Bedrohung näherte, weckten ihren Blutdurst. Wie immer, wenn Dilara emotional gefordert und innerlich zerrissen war, benötigte sie ein Ventil, und ihr Jagdinstinkt erwachte. Aber auch die reine Lust am Töten. Als wolle sie unter Beweis stellen, daß sie Macht über Leben und Tod besaß, daß sie sich über andere Lebewesen erheben konnte.

Unruhig wie eine hungrige Tigerin streifte sie umher, machte sehr schnell einen jungen Mann aus, der sie auch wahrnahm.

Sein Blick zeigte Dilara deutlich, daß er Gefallen an ihr gefunden hatte, und daß er die Signale, die ihre Blicke und Gesten bedeuteten, wahr- und in sich aufnahm.

Er war einer der Gothic-Anhänger, so wirkte er jedenfalls mit seiner schwarzen Kluft, den langen Haaren und dem blaßgeschminkten Gesicht. Flüchtig erinnerte er Dilara an Calvin, was ihre Lust an dem Jüngling vor ihr in mehrfacher Sicht noch mehr entfachte. Sie schenkte ihm ein Lächeln, das verheißungsvoll war und keinen Zweifel daran ließ, was sie von ihm wollte.

So dachte er und kam mit einem lüsternen Funkeln in seinen Augen auf Dilara zu.

Die schöne Vampirin leckte sich genüßlich über die vollen Lippen und spürte die Erregung in sich aufsteigen, die die Aussicht auf einen derartigen Leckerbissen immer in ihr auslöste.

„Hallo!“ sagte der Jüngling betont locker und trat schlaksig auf sie zu.

„Hallo!“ hauchte Dilara zurück und konnte sich kaum noch bezähmen. Sie sah sich um, wußte den Serpentine-See ganz in der Nähe.

„Ich heiße Luke, und du?“

Er hatte schöne dunkle Augen und einen gutgebauten Körper. Erneut fuhr ihre Zungenspitze über ihre leicht geöffneten Lippen.

Luke gab einen leisen Laut des Entzückens von sich. „Du bist sehr schön!“

Dilara wäre beinahe eine arrogantes „Was du nicht sagst!“ entschlüpft, konnte es in letzter Sekunde zurückhalten, um die Stimmung nicht zu zerstören.

„Ich heiße Dilara!“ sagte sie statt dessen und trat nah an ihn heran. Etwas wie Verunsicherung glomm in seinen Augen, als sie aufreizend lächelte und ihm ein Zeichen gab. „Komm, ich kenne eine Stelle, wo wir ungestört sind."

Wieder stöhnte er entzückt und zeigte deutlich, daß er auf ihre offensichtlichen Avancen einging. Er vermochte kaum mit der dunkelhaarigen Schönheit Schritt zu halten, die es plötzlich sehr eilig hatte. Die Lust am Töten trieb sie voran.

„Hey, warum rennst du denn so?" protestierte Luke.

Dilara drehte sich mitten im Laufschritt um, ergriff Lukes Hand und zog den schlanken jungen Mann mit sich. Als sie die dichten Büsche, die den Serpentine-See umgaben, erreichten, drückte sie Luke hinein und preßte sich an ihn, taumelte mit ihm erst gegen einen Baumstamm, und während Luke ihre schlanke Taille umfing, sanken sie zu Boden. Dilara lag wie eine süße Last auf ihm und bedeckte seinen Hals mit Küssen. Ihre Finger fuhren durch sein langes Haar, aber es erzeugte nicht die Erotik in ihr, die in ihr erwachte, wenn sie Calvins Haar berührte. Ihr Mund wanderte zu Lukes Adamsapfel und sog spielerisch daran. Dann immer kräftiger.

„God", flüsterte Luke erregt.

„Der kann dir jetzt auch nicht mehr helfen!" murmelte Dilara und biß Luke heftiger in den Hals.

Der keuchte, immer noch in Vorfreude auf einen One-Night-Stand mit dieser Frau, die, wie er nach wie vor meinte, mindestens zehn Klassen zu hoch für ihn war. Er konnte sein Glück kaum fassen, doch dieses Gefühl ebbte jäh ab, als sich Dilaras spitze Zähne in das feste Fleisch seiner Kehle gruben.

„Was...?" gurgelte Luke und verstummte, als Dilara ein weiteres Mal zubiß. Mit aller Kraft und Wut, die plötzlich in ihr aufwallte, und aller Einsamkeit, die sie, seit Calvin fort war, verspürte, und die ihr auch die anderen nicht nehmen konnten. Sie verfiel in eine wahre Raserei, unfähig damit aufzuhören, ihre Zähne in das muskulöse Fleisch ihres Opfers zu graben.

Luke bäumte sich in Panik und vor Schmerz unter ihr auf und hob abwehrend die Hände, als er bemerkte, daß es hier nicht mit rechten Dingen zuging. Er stemmte eine Hand gegen Dilaras Brustkorb und versuchte, mit der anderen in ihr Haar zu greifen, um sie von seinem Hals zu ziehen und somit von ihr loszukommen.

Ja, dachte sie, wehre dich, wehre dich!

Genau das benötigte sie, um ihren Lustgewinn zu steigern. Um den tief in ihr verwurzelten Hunger zu stillen. Dilaras scharfe Zähne rissen kleine Fleischstücke aus Lukes Kehle, aus der nur noch undefinierbare Laute drangen. Doch immer noch setzte er sich zur Wehr. Er war jung und voller Lebenswillen. Längst wußte er, daß er einem Wesen, das der Hölle entsprungen schien, ausgeliefert war. Aber seine Jugend ließ es zu, die Ausweglosigkeit seiner Situation zu ignorieren. Er wollte nicht aufgeben, wollte dieser Bestie in Gestalt einer schönen Frau entkommen. Seine rechte Hand griff doch noch in ihr Haar und riß mit letzter Kraft daran – ohne Erfolg. Der Urgewalt der Vampirin hatte er nichts entgegenzusetzen.

Dilara stieß ein höhnisches Zischen aus und warf den Kopf mit einer kraftvollen Bewegung in den Nacken. Blut tropfte aus ihrem Mund und rann das Kinn hinab. Die Gesichtszüge der Vampirin waren grausam verzerrt, und in ihren giftgrünen Augen brannte ein unseliges Feuer. Wie schön sie ist, durchzuckte es Luke, und er stieß einen grauenhaften Laut aus, als eine Schmerzwelle durch seinen Körper raste. Blut schoß in einer kleinen Fontäne aus seiner Halsschlagader. Er wußte, daß das sein Ende bedeutete, und allmählich spürte er ihn auch – den nahenden Tod. Unaufhaltsam ließen seine Kräfte nach, gegen Dilaras war er ohnehin chancenlos. Doch Luke begehrte ein letztes Mal auf, stemmte mit der verbliebenen Kraft die linke Hand gegen Dilaras Brust und zerrte weiter mit der rechten an dem Haar seiner Angreiferin.

Die Vampirin schrie zornig und zischte: „Bemühe dich erst gar nicht“, ergriff seine Rechte, zog sie aus ihren dichten Locken und drückte Lukes Arm brutal zur Seite.

Er schrie schmerzerfüllt auf, als sie ihm mit roher Gewalt das Handgelenk brach. Längst hatte Dilara die Lust an ihrem Opfer verloren und wollte entgegen ihrer sonstigen Gewohnheit das Ende schnell herbeiführen. Sie hatte ihn ohnehin nur erwählt, weil er Calvin vom Typ her ähnlich sah und sie die Sehnsucht nach ihrem Gefährten nicht mehr unter Kontrolle hatte. Auch jetzt stieg diese wieder mit aller Macht in ihr auf.

„Calvin“, murmelte sie und verbiß sich in Lukes Hals. Und mit jedem geflüsterten „Calvin!“ erneut, bis der Körper unter ihr schlaff wurde.

Wales, August 2006

Der Ort lag wie ausgestorben unter ihm und schien geradezu auf sein Kommen zu warten. Im *Plas Mawr* stellte er fest, daß Dafydd Burns wieder nicht anwesend war. Beim Frühstück hatte er ihm erklärt, eine Nichte sei mit einem Blinddarmdurchbruch ins Krankenhaus nach Dolgellau gebracht worden. Seine Schwester habe einen Nervenzusammenbruch erlitten. Womöglich müsse er im Laufe der nächsten Tage noch einmal nach dem Rechten schauen.

Seltsamerweise hatte er für diesen Abend nicht einmal ein Essen bereitgestellt. Doch Calvin verspürte ohnehin keinen

Hunger. Er hinterließ an der Rezeption eine Nachricht, daß er am nächsten Morgen nach dem Frühstück weiter nach Norden fahren wolle.

Dann ging er auf sein Zimmer. Zum ersten Mal empfand er die Stille dort als bedrohlich. Vor dem Fenster herrschte Dunkelheit, als seien die Straßenlaternen auf ein absolut notwendiges Mindestmaß herabgedimmt worden. Calvin fühlte sich zu erschöpft und ausgelaugt, um seine Kleidung auszuziehen. In leichtem Pullover und Hose legte er sich auf das Bett, das weich unter seinem Gewicht federte. Zu viele Gedanken jagten einander in seinem Kopf. Er löschte das Licht und fand doch keinen Schlaf.

Schließlich döste er ein, aber sein Bewußtsein zog sich nicht völlig zurück, sondern blieb dicht unter der Oberfläche. Calvin träumte von der Ruine auf dem Berg, als sie noch ein Haus gewesen war, eines, dem Himmel so nah, und doch ein Flecken Hölle auf Erden, schon damals schwarz und drohend. Plötzlich befand er sich im Inneren des Gebäudes, und er spürte Panik in sich aufsteigen. Denn wenn er aus dem Fenster blickte, sah er dort Flammen, und hinter ihnen schwarze Schemen, die grimmig ihre Fäuste reckten oder Tanggabeln und Torfspaten drohend hochhielten.

Calvin spürte, wie ihm in dieser Hitze die Schweißperlen auf die Stirn traten. Sein Puls raste – er erwachte schweißgebadet. Das Blut toste in seinen Ohren. Als er die Augen aufschlug, gewahrte er zwei Dinge gleichzeitig: den zuckenden Lichtschein vor dem Fenster und den Türknauf, der sich leise quietschend drehte. Aus Gewohnheit, und ohne großartig darüber nachzudenken, hatte er die Tür hinter sich abgeschlossen.

Augenblicklich war er hellwach.

In diesem Moment wurde die Tür aufgebrochen, und der Schein mehrerer Taschenlampen irrte durch den Raum.

Der massige Schemen eines Mannes stürzte herein, blickte suchend umher.

Calvin, der seine menschliche Gestalt aufgegeben hatte und zu etwas geworden war, dessen Anblick die Herzen der tapfersten Männer hätte auf der Stelle gefrieren lassen, legte ihm einen Arm um den Hals, riß ihn auf sich zu und schnürte ihm gleichzeitig die Luft ab. Gurgelnd erschlaffte der Körper, der nach Angstschweiß und zuviel Alkohol roch.

Wie einen menschlichen Schutzschild hielt Calvin den Mann vor sich, während weitere Dorfbewohner in das Zimmer drängten. Es gab einen Tumult, und Calvin spürte, wie der Körper des Fremden einen heftigen Stoß erhielt.

„Ich hab ihn, ich hab ihn erwischt!" jubelte einer der Männer heiser vor Erleichterung. Calvin fühlte Blut auf seiner Linken, die die Brust des Mannes wie ein Schraubstock umklammert hielt. Augenblicklich erwachte in ihm etwas Wildes und Ungezügeltes. Tief sog er die Luft ein, in der seine vampirischen Sinne einen metallischen Geruch wahrnahmen.

Es dauerte nur Sekunden, bis die Männer ihren Irrtum erkannten und von dem Unglücklichen abließen.

„Hört auf!" schrie einer. „Mein Gott, wir haben Jones getötet!"

„Aber wo ist der andere?"

„Die Höllenbrut darf uns nicht noch einmal entkommen!"

In diesem Moment kam einer der Männer auf die fatale Idee, das Licht einzuschalten. Die Helligkeit setzte sich zuerst kaum durch. Es war, als müsse sie gegen einen Widerstand ankämpfen, etwas, das von klebriger Konsistenz war. Ein Gespinst von abgrundtiefer Dunkelheit, etwas, das älter, viel älter war als das elektrische Licht.

Von fünf Männern, die in den Raum eingedrungen waren, wollten sich zwei später überhaupt nicht äußern. Die restlichen drei konnten sich nicht einig werden über das, was sie in dem

Zimmer gesehen hatten, in dem sie Calvin Vale glaubten, den letzten lebenden Nachfahren der verfemten Atheds vom Berg des schwarzen Steins. Ihre Angaben stimmten weder bezüglich der Größe noch der Gestalt überein. Jeder schien das gesehen zu haben, was er am meisten fürchtete.

Einig waren sie sich nur darin, daß er einen von ihnen getötet, sich über den Toten gebeugt habe, um sein Blut zu trinken, bevor sie ihn verjagen konnten.

Tatsächlich jedoch war Calvin all das und gleichzeitig nichts von dem gewesen, und geflohen war er erst, als vor dem Haus die Rufe der Menschen laut wurden, die sahen, daß in dem Hotelzimmer das Licht angegangen war.

„Tötet die Bestie", drangen die Rufe herauf. „Ihr müßt den Kopf vom Rumpf trennen!" und: „Er soll brennen wie seine verfluchten Ahnen!"

In Calvin stieg eine Wut auf, die sich nicht mehr nur damit erklären ließ, daß man ihn herausgefordert und hinterrücks überfallen hatte, sondern in der sich all das aufgestaut hatte, was seinesgleichen seit Jahrhunderten an Haß entgegengebracht worden war. Unbeherrschtheit aber ist eine Schwäche des Verlierers, und er war darin trainiert, seine Gefühle so weit unter Kontrolle zu halten, daß er nicht blindlings in sein Verderben stürzte.

Aus der Tiefe seiner schwarzen Seele stieg ein Schrei, der die Tapfersten wie Kinder hätte fliehen lassen, und die, die gekommen waren, um ihn zu töten, waren nicht furchtlos, sondern lediglich tollkühn. Sie preßten die Hände auf ihre Ohren, um den gräßlichen Laut nicht ertragen zu müssen. Doch es war eine hilflose Geste, denn diesen Schrei fühlte man mit dem Herzen.

„Lauft! Lauft um euer Leben!" rief einer und wollte fliehen, aber von hinten drängten andere nach, die durch den jubelnden

Ausruf des ersten ermutigt und vom Geheul des Mobs vor dem Haus angestachelt worden waren. Einer stürzte über den anderen, riß weitere mit zu Boden. Das Licht erlosch, weil jemand gegen den Stromschalter fiel. Eine gespenstische Stille legte sich über das Hotel. Nur ferne Rufe von draußen drangen herein, und sie vermochten nicht das Schlagen seines eigenen Herzens zu übertönen, das Calvin hörte, während sein Geist fieberhaft arbeitete. Er zog sich von seinen Angreifern zurück und katapultierte sich aus dem Zimmer, fegte sie hinweg und raste mit der Gewalt eines Güterzuges den dunklen Korridor hinab, die Menschen darin wie dürres Herbstlaub umherwirbelnd.

Die bleichen Lichtfinger von Taschenlampen huschten durch die Finsternis und erfaßten den Schatten immer nur wenige Augenblicke. Schon war er an ihnen vorbei, warf noch einen einzelnen auf der Treppe um und erreichte das Erdgeschoß. Hier hielten zwei Männer mit Fackeln Wache. Das elektrische Licht war im ganzen Haus ausgeschaltet.

Calvin fragte sich, wo sich der Hotelbesitzer aufhielt. Ohne seine Zustimmung wäre all das nicht möglich gewesen. Dieser mußte ihn bespitzelt und alle Informationen weitergegeben haben. Tausend Gedanken wirbelten durch Calvins Kopf. Seine Wut stieg ins Unermeßliche. Er kam wie eine Naturgewalt über die zwei Fackelträger und zerfetzte sie förmlich in der Luft. Was von ihnen übrigblieb, warf er verächtlich zur Seite. Dann wandte er sich dahin, wo er Küche, Vorratsräume und einen Hinterausgang vermutete. Er hatte sich nicht geirrt. Metallisch funkelten Töpfe auf einem schweren Herd, schwarz drängten sich Regale. Calvin sah eine Tür – der Schlüssel steckte. Sie öffnete sich unter seinem Druck, Lichtschein… kaltes Mondlicht, nicht das grausame Glosen der Fackeln. Der Vampir befand sich in einem Hinterhof. Wie leichtsinnig von denen, die seiner habhaft werden wollten, diesen unbewacht zu lassen. War es möglich, daß sie ihn derart unterschätzten? Hatten sie mit den Atheds ein so leichtes Spiel gehabt, daß sie dachten, sie bräuchten einfach nur in sein Zimmer kommen und ihm einen Pflock durchs Herz zu treiben?

Er nahm wieder menschliche Gestalt an. Die Verwandlung fiel ihm so schwer wie nie zuvor, und er konnte nicht genau sagen, *was* er eigentlich gewesen war. Aber er spürte, daß es etwas so Mächtiges war, daß es sich nur äußerst widerstrebend zurückzog. Er fühlte sich ausgebrannt und aufgebraucht. In diesem Zustand wäre er wahrscheinlich tatsächlich ein leichtes Opfer gewesen. Doch es war niemand zu sehen, als er sich zwischen verbeulten Mülltonnen und Ligusterbüschen hindurch zum Parkplatz stahl, wo der Vauxhall auf ihn wartete.

Calvin schlich zum Wagen hinüber. Er rechnete damit, von grimmigen Schatten angegriffen zu werden, doch nichts dergleichen geschah. In der Richtung des Hotels bemerkte er einen Feuerschein. Wenn er genau hinhörte, waren von dort noch immer Rufe zu hören.

Der Wagen sprang trotz seines Alters und der Feuchtigkeit augenblicklich an. Calvin lächelte. Gut, nun würde er also früher als geplant nach Holywell gelangen.

Er gab Gas; der Wagen beschleunigte rasch, fuhr die Uferstraße hinauf und nahm die Haarnadelkurve, die ihn auf die Hauptstraße brachte, gefährlich schnell. Auf der Rückseite des Hotels trat er das Gaspedal bis zum Bodenblech durch. Der Motor heulte auf, und der Vauxhall tat einen Sprung nach vorn. Plötzlich waren zwei Gestalten auf der Straße, die, vom Scheinwerfer erfaßt, zur Seite hechteten, als sie erkannten, daß das Auto nicht abgebremst wurde.

Erst als er sie hinter sich gelassen hatte, ging Calvin vom Gas. Die bunten Fassaden Brynddumaens rasten an ihm vorbei, und doch wollte ihn der Ort noch nicht freigeben. Er hatte nicht gewußt, daß sich die Stadt nach Norden so weit in die Bucht hinein erstreckte.

Endlich vereinzelten sich die Häuser, verschwanden die letzten Straßenlaternen und machten einer tiefen Dunkelheit Platz.

Um den Fahrtwind auf seinem Gesicht zu spüren, drehte er das Seitenfenster einen Spalt weit herunter. Das machte ihm erst richtig bewußt, daß er nicht geträumt hatte, sondern diese Dinge wirklich geschehen waren.

Die langgezogene Sichel der Uferstraße wurde kurvenreicher, als die Straße um die bis ins Meer ragenden Ausläufer des Cadair Idris herumgeführt werden mußte. Calvin fuhr noch immer viel zu schnell. Er nahm den Fuß vom Gas, als er eine Kurve vor sich sah, nach der die Straße anstieg. Die Mauer raste auf ihn zu, und als er bremste, hatte er das Gefühl, ins Leere zu treten. Das Bremspedal sprach nicht an, und er begriff, daß man ihm die Bremsschläuche durchtrennt hatte! Die Leute aus Brynddumaen wollten sichergehen, daß er, falls er aus dem Hotel entkommen konnte, nicht überlebte.

Obwohl er die Handbremse zog, verlor der Wagen keineswegs an Geschwindigkeit, vielmehr beschleunigte er noch. Calvin hatte das Gefühl, die scharfe Kurve auf nur zwei Rädern zu nehmen, doch es gelang ihm, das Fahrzeug auf der Bahn zu halten.

Während er überlegte, wie er es abbremsen sollte, sah er die nächste Kurve unaufhaltsam näherkommen. Sie lag über einer Klippe, die mindestens fünfzig Meter abfiel. Und dort unten tobte die See.

Calvin kurbelte die Scheibe ganz herunter, zwängte sich mit dem Oberkörper aus der Öffnung und versuchte gleichzeitig, das Lenkrad zu halten. Zum zweiten Mal an diesem Abend verwandelte er sich.

Ein schlanker, geflügelter Schatten erhob sich aus dem außer Kontrolle geratenen Wagen, der wenige Sekunden darauf die Böschungsmauer durchbrach und in die Tiefe stürzte. Aus der Luft beobachtete Calvin, wie das Auto die Klippe hinabstürzte, auf die aufgewühlte Oberfläche der See prallte und gurgelnd unterging.

Im Schutze der Nacht überquerte Calvin das Snowdonmassiv und die dramatischen Landschaftsarrangements Snowdonias, die menschenleeren Gebiete nördlich des Vale of Edeyrnion und das Vale of Clywd. Als im Morgengrauen im Nordosten die Lichter Liverpools auftauchten, hielt er sich in nördlicher Richtung. Noch bevor es richtig hell geworden war, landete er in einem Waldstück in unmittelbarer Nähe der Straße, die St. Asaph mit Holywell verband. Die letzten Kilometer legte er zu Fuß zurück.

Vor seiner Fahrt hatte er in einem Reiseführer gelesen, daß die wenig einladende Industriestadt einst ein Kurort gewesen war. Ihr heutiges Äußeres ließ das kaum mehr erahnen. Angeblich war Holywell dort entstanden, wo im 7. Jahrhundert die Jungfrau Winifred enthauptet und vom heiligen Beuno wiedererweckt worden war. Dummerweise war die wundersame Quelle, die Jahrhunderte lang Könige und hochstehende Adelige angezogen hatte, im 19. Jahrhundert infolge von Bergbauarbeiten versiegt. Geblieben war der Name des Ortes.

Er mußte nicht weit gehen, um zu einer der altmodischen, rot lackierten Telefonzellen zu gelangen. In seiner Hosentasche fand er einige Münzen und rief die Auskunft an, um sich nach der Kanzlei Dr. Bedlams zu erkundigen. Man teilte ihm mit, es gebe am Strand Walk unweit des Hospitals die Kanzlei eines Mark Bedlam, der jedoch keinen Doktortitel innehabe. Calvin glaubte, auf der richtigen Spur zu sein. Selbst auf die Gefahr hin, keinen Termin zu bekommen, fragte er nach dem Weg.

Das Haus im Strand Walk Nr. 37 stammte aus der Zeit, als Holywell noch als Kurort beliebt gewesen war. Es schien jedoch vor kurzem aufwendig renoviert worden zu sein. Seine georgianische Fassade erstrahlte in makellosem Weiß.

Die Kanzlei war geöffnet, und Calvin gelangte, nachdem er einen Windfang passiert hatte, in die Anmeldung, einen kleinen, lichten Raum.

Die Sekretärin, die noch den Typus jenes guten Geistes verkörperte, ohne den so manches Büro zum Untergang verurteilt wäre, musterte ihn streng durch ihre schmale Brille und erkundigte sich nach seinem Wunsch.

„Ich würde gerne mit Mr. Bedlam sprechen… in einer familiären Angelegenheit."

„Wie ist Ihr Name?"

„Calvin Percy Vale. Es wäre schön, wenn…"

„Ich werde sehen, was sich machen läßt!" fiel sie ihm ins Wort. „Mr. Bedlam ist zur Zeit in einer Besprechung. Sie können jedoch schon in unserem Beratungszimmer Platz nehmen. Die linke Tür!"

Calvin gehorchte ohne Widerspruch, öffnete die Tür und betrat das Zimmer.

Obwohl auch die Innenräume in frischen, modernen Farben gestrichen worden waren, schienen unter der dünnen Farbschicht noch die Schatten der Vergangenheit zu lauern. Auch die schweren, alten Möbel aus dunklem Holz gaben nach und nach den Geruch von Pfeifenrauch, dem sie jahrzehntelang ausgesetzt gewesen sein mußten, an die Luft ab. Die Porträts zweier ernster Männer in düsteren Farbtönen verfolgten ihn argwöhnisch mit ihren Blicken.

Calvin fühlte sich unwohl!

„Honorius Bedlam und sein Sohn Gordon!" Ein etwas oberflächlich wirkender junger Mann betrat den Raum und streckte ihm die Hand entgegen. „Mögen sie in Frieden ruhen!"

„Sie scheinen Ihre Vorfahren nicht sonderlich zu schätzen?"

Mark Bedlam nickte zustimmend: „Sie haben mir all das hier hinterlassen, und ich wußte nie, ob ich sie dafür lieben oder hassen sollte. Aber Sie haben mich sicher nicht aufgesucht, um mit mir über meinen Vater oder Großvater zu sprechen. Was brennt Ihnen denn auf der Seele?"

„Ich weiß nicht so recht, was ich von meiner Familie halten soll..."

Die Tür öffnete sich erneut, und die Sekretärin steckte den Kopf mit dem sorgfältig frisierten grau-weißen Haar durch den Spalt: „Haben Sie noch einen Wunsch, Mr. Bedlam?"

„Hm, ja, Mrs. Ellis", sagte er. „Bitte bringen Sie uns doch einen Kaffee!" und dann zu Calvin: „Ihre Familie? Meine Sekretärin sagte mir, Ihr Name sei Vale. Inwiefern hatte ich denn mit Ihrer Familie zu tun? Stammen Sie aus Wales?"

„Nein, ich bin in den USA geboren. Doch meine Mutter stammt aus Brynddumaen."

Bedlam zog die linke Augenbraue steil in die Höhe. „Brynddumaen, sagen Sie... so, so. Darf ich nach dem Namen Ihrer Mutter fragen?"

„Natürlich, sie heißt Ruth Vale, aber sie könnte Ihnen unter dem Namen Athed bekannt sein."

Ein lautes Scheppern ließ Calvin herumfahren.

„Entschuldigen Sie, ich..." Mrs. Ellis hatte unbemerkt das Zimmer betreten. Das Kaffeetablett war ihr in dem Augenblick entglitten, als Calvin den Familiennamen seiner Mutter genannt hatte.

„Ach, lassen Sie das liegen, Mrs. Ellis. Sie können sich später darum kümmern, wenn Mr. Vale gegangen ist. Ich glaube, wir kommen auch ohne Kaffee zurecht", sagte Mark Bedlam hastig. Die Sekretärin zuckte entschuldigend mit den Achseln und verließ mit schamgerötetem Gesicht das Zimmer.

„Die gute Mrs. Ellis. Ich habe schon nachgedacht, ob es nicht an der Zeit wäre, sie durch eine jüngere Kraft zu ersetzen", erklärte Bedlam verschlagen. Calvin konnte sich gut vorstellen, welche Attribute der Notar an einer Sekretärin zu schätzen wußte. „Aber dann habe ich's doch nie übers Herz gebracht. Sie hat schon für meinen Vater gearbeitet und ist so etwas wie die gute Seele der Kanzlei." Er erhob sich von seinem Stuhl und trat näher an seinen Klienten. Betont leger setzte er sich auf eine Kante seines wuchtigen Schreibtisches.

„Habe ich Sie richtig verstanden? Sie sagten, Ihre Mutter habe Ruth Athed geheißen?"

„Ja. Kennen Sie sie? Wissen Sie vielleicht, wo sie sich aufhält?" Hoffnung keimte in Calvin auf, doch sie wurde sogleich zerschlagen, als der Notar sagte: „Nein, ich fürchte, ich kann Ihnen nicht weiterhelfen. Unsere Kanzlei kümmert sich seit Jahrzehnten nicht mehr um die Belange Ihrer Familie. Mein Vater hat von ihr gesprochen. Ich glaube, kurz vor seinem Tod erhielt er Besuch von ihr. Seltsamerweise habe ich niemals Akten über ihre Familie gefunden. Mein Vater hat es mit der Aufbewahrungspflicht eigentlich sehr genau genommen, doch alles, was es an Papieren gegeben haben muß, ist verschwunden. Ich vermute, Ihre Mutter hat sie mitgenommen."

„Und Sie selber haben sie nicht getroffen?"

„Ich? Nein, ich war zu dieser Zeit etwa fünfzehn Jahre alt und habe mich selten in der Kanzlei aufgehalten. Wissen Sie, ich habe diesen Beruf erlernt, und ich glaube von mir behaupten zu dürfen, daß ich meine Kunden gut betreue. Aber ich habe andere Interessen, die mir mehr am Herzen liegen. Das mögen mein Vater und mein Großvater anders gesehen haben."

Ihm entging nicht, welche Wirkung seine Worte auf Calvin hatten. „Hören Sie, Mr. Vale, ich wünsche Ihnen viel Glück bei der Suche nach Ihrer Mutter. Doch ich möchte Ihnen einen gutgemeinten Rat geben: Wenn Sie niemandem verraten hat, wohin sie sich wenden wollte, hat sie vermutlich ihre Gründe dafür gehabt. Vielleicht will sie nicht gefunden werden?"

Als Calvin in das Vorzimmer zurückkehrte, stand der Sekretärin noch immer ihre Beschämung ins Gesicht geschrieben. Er lächelte sie an und wollte die Kanzlei mit einem knappen Gruß verlassen, doch er hatte den Eindruck, Mrs. Ellis wolle ihm noch etwas sagen. Also drehte er sich noch einmal um.

„Mr. Vale…" Sie schien nicht recht zu wissen, wo sie beginnen sollte. „Ich… bin nicht sonderlich freundlich zu Ihnen gewesen…"

„Das macht nichts", entgegnete Calvin. „Ich bin Freundlichkeit nicht unbedingt gewohnt."

„Sie sagten, Ihre Mutter sei Ruth Athed gewesen?"

„Gewesen? Sie sprechen von ihr, als sei sie nicht mehr am Leben. Kannten Sie sie?"

„Nein, von Kennen würde ich nicht sprechen, und ich weiß nicht, ob sie noch lebt. Ich bin ihr, ehrlich gesagt, nur ein einziges Mal begegnet. Wissen Sie, ich habe schon unter Mr. Bedlams Vater Gordon in der Kanzlei gearbeitet. Und ich war zufällig zugegen, als Ihre Mutter ihn um eine Unterredung bat."

„Was haben die beiden besprochen?"

„Das kann ich Ihnen hier nicht sagen. Hören Sie, um 16.15 Uhr habe ich frei. Können wir uns an einem anderen Ort treffen? Im *Carew Cross Café* in der Well Street?"

„Sie können sich darauf verlassen, daß ich da sein werde!"

London, August 2006, LUNA-Tower

Luna hatte sich in ihren Erwartungen tatsächlich nicht getäuscht. Ihr Opfer entpuppte sich als das interessanteste Spielzeug, das sie seit Wochen gehabt hatte. Es wand sich unter ihren Umarmungen und quittierte die Bisse und Kratzer, die sie ihm zufügte, mit einem lustvollen Stöhnen. Sie fesselte den Jungen spielerisch mit einer Gardinenschnur, doch geschickt entkam er ihrer Umschnürung, ohne daß sie sagen konnte, wie ihm das gelang. Er seinerseits ergriff ebenfalls die Initiative und begann, sie aus ihrer künstlichen Haut zu befreien, um jeden freigelegten Quadratzentimeter mit heißen Küssen zu bedecken.

Sie hatte noch nicht damit begonnen, ihn seiner Kleidung zu entledigen. Er trug ein schwarzes Nylon-Longsleeve und eine Hose aus eng geschnürtem Leder. Seine Stiefel reichten beinahe bis zu den Knien.

Luna streifte sein Shirt hoch und entblößte einen vollkommenen, durchtrainierten Körper. Vermutlich gehörte er einer der vielen Kampfsportschulen an, die es in der Stadt gab. Er schien ausschließlich aus angespannten Muskeln zu bestehen.

Sie biß in seine Seite und wand sich, um hinter ihn zu gelangen und seine Bewegungen unter sich zu ersticken. Doch als sie das Shirt über seinen Kopf zog, entblößte sie auf seiner linken Schulter eine schillernde Tätowierung von der Größe einer Handfläche.

Sie stutzte einen Moment, den er nutzte, um ihr Spiel zu seinem Vorteil zu entscheiden und sich auf sie zu werfen.

Luna wurde davon völlig überrumpelt. Als sich ihre Blicke trafen erkannte er, was sie gesehen hatte. Der Druck seiner Schenkel erhöhte sich, und bevor sie ihre vampirischen Kräfte mobilisieren konnte, sah Luna im Mondlicht ein Aufblitzen. Dann fühlte sie einen stechenden Schmerz zwischen ihren Rippen.

Vor ihren Augen erschien das Motiv, das sie auf seiner Schulter gesehen hatte.

Das Bild eines Drachen mit einem zähnestarrenden Maul, aus dem die Zunge weit herausragte. Eines von Schuppen bedeckten Drachen mit vier messerscharfen Klauen und gewaltigen ledrigen Schwingen.

Der Schmerz durchfuhr sie wie eine feurige Lanze. Der Dolch war mit Silber überzogen, dem Element, das auf Vampire eine tödliche Wirkung ausübte. Jeder ihrer Artgenossen wäre je nach Tiefe der Verletzung schwerstverwundet oder gar vollkommen vernichtet worden. Und das schien auch der Junge zu glauben. Er löste sich von ihr und blieb in einiger Entfernung von ihr stehen, um kaltblütig zu beobachten, wie sie sich unter den Schmerzen der Verwundung krümmte und wand. Augenscheinlich glaubte er, ihr Ende zu sehen.

Doch er konnte nicht wissen, daß Luna unter der Macht des Schattenkelches stand und bloßes Silber sie nicht mehr ihres untoten Lebens berauben konnte.

Die uralte Vampirin verwandelte sich schneller, als menschliche Augen verfolgen konnten, zog den Dolch aus ihrer Brust und warf sich in einer einzigen Drehung auf den Jungen. Erschrocken keuchte er, schien sich dann jedoch rasch wieder zu fangen und leistete verzweifelten Widerstand. Er bewegte sich unter ihr wie ein Fisch, den man einfach nicht zu fassen bekommt, und entwickelte übermenschliche Kräfte. Doch Luna schlug ihre Krallen tief in sein Fleisch.

Sie umklammerte seinen Hals und preßte ihn fest zu. Der Junge begegnete ihrem Blick seltsam unbeeindruckt.

„Wer schickt dich? Sag es!“ grollte sie mit furchteinflößender Stimme.

Er reagierte nicht.

„Ich will wissen, wer dein Auftraggeber ist!“ schrie Luna wütend.

Er lächelte nur, selbst als sie den Druck erhöhte. Da begriff sie, daß er nie sprechen würde, denn er war nicht geschaffen worden, um zu reden. Der, der ihn schickte, hatte ihn über viele Jahre hinweg zu einer tödlichen Waffe geformt.

Luna fühlte Haß wie einen Tornado in sich aufsteigen und alle Dämme der Vernunft brechen. Sie wußte, daß sie einen Fehler beging, als sie das Genick des Jungen brach. Vielleicht hätten ihre Leute ihm doch noch eine Information entlocken können, doch sie konnte sich nicht beherrschen. Das dunkle Gefühl in ihr war stärker.

Luna ließ den schlaffen Körper fallen.

Sie mußte den Bund der Fünf informieren!

WER IN DAS FEUER BLÄST, DEM FLIEGEN LEICHT DIE FUNKEN IN DIE AUGEN

Chinesische Weisheit

Wales, August 2006

„Der alte Honorius Bedlam war ein widerlicher Kerl. Er hat mich immer angestarrt, als wäre ich… als wäre ich… *ein Stück Fleisch*. Der verstand sich gut mit Ihrem Großvater. Sie haben sogar gemeinsame Geschäfte getätigt, aber ich habe nie erfahren, worum es dabei ging. Und dann waren da diese Festgelage. Einmal sollte ich ihn nach Brynddumaen begleiten, doch seine Frau verbot ihm, mich mitzunehmen. ‚Nicht Emily', hat sie gesagt. ‚Sie ist doch fast noch ein Kind.' Na ja, und dann brauchte ich nicht mit." Mrs. Ellis trank einen Schluck Kaffee, der sie zu beleben schien. Sie wirkte an diesem Ort viel ungezwungener als in Bedlams Kanzlei.

Calvin hatte die Zeit bis zu ihrem Dienstschluß genutzt, um ein Hotel ausfindig zu machen, in dem er die Nacht verbringen wollte. Das *Central* hatte zweifellos schon bessere Tage gesehen. Einige Zimmer wurden monatsweise zu günstigen Preisen an afrikanische und asiatische Saisonarbeiter vermietet, die bis spät in die Nacht hinein miteinander stritten und ihre Kofferradios auf volle Lautstärke gestellt hatten.

Die Tapeten seines Zimmers waren altmodisch gemustert. Der Teppich wies etliche Brandlöcher auf, und die Vorhänge waren von der Sonne verblichen. Ein Telefon gab es nur an der Rezeption.

Calvin hatte den mißmutigen Portier gebeten, es benutzen zu dürfen, was dieser widerstrebend gestattete. Er hatte jedoch kein Glück gehabt. Dilara war nicht zu Hause.

Mit einem unguten Gefühl war Calvin zum *Carew Cross* gegangen.

In dem Café herrschte ein gleichbleibender Geräuschpegel

aus dem Gemurmel der Gäste, bei denen es sich vornehmlich um Senioren handelte, wahrscheinlich Besucher des St. Winifred's Well. Er wunderte sich nicht, daß die Sekretärin diesen Treffpunkt vorgeschlagen hatte. Vermutlich suchte sie das altmodische Café in ihrer Freizeit häufiger auf.

„Honorius Bedlam wurde uralt. Keiner kann Ihnen mit Bestimmtheit sagen, *wie* alt, aber man erzählt sich, daß er noch auf dem Sterbebett verbissen mit dem Tod gerungen habe. Nach Essen soll er verlangt haben. ‚Bringt mir Fleisch, *frisches* Fleisch!' habe er gerufen und dabei schrecklich mit seinen furchtbaren Augen gerollt, die mir überallhin gefolgt sind, wenn er in der Kanzlei war. Sein Sohn Gordon hingegen war sein Leben lang von kränkelnder Natur."

„Was wissen Sie sonst noch über die Atheds?" Calvin wollte das Gespräch wieder in die gewünschte Richtung lenken, da sich die Frau sonst in ihren Erinnerungen zu verlieren drohte.

„Die Atheds? Ach ja. Nach dem Krieg hat man von denen lange Zeit nichts mehr gehört. Gerald Lewis Athed kam nicht mehr in die Kanzlei, und Honorius Bedlam sprach bis zu seinem Tod im Jahre 1966 nicht mehr von ihm. Gordon hatte mit denen sowieso nichts zu schaffen, und ich glaube, er erschrak selber ganz schön, als vor etwa fünfzehn Jahren, kurz bevor er starb, eine Frau in die Kanzlei kam und sich nach gewissen *Unterlagen* erkundigte, die sie in seinem Besitz glaubte. Er bat mich, im Kellerarchiv nachzusehen, und tatsächlich fand ich dort eine Zigarrenkiste. Gordon gab ihr die Schachtel und schien froh zu sein, als sie sich damit zufriedengab und verschwand."

„Sie verschwand, ohne zu sagen, wohin sie ging?"

„Natürlich, warum hätte sie es uns sagen sollen? Wir fragten sie auch nicht danach."

„Sie hat keine Adresse hinterlassen?"

„Nein, wenn ich es Ihnen doch sage!“

Calvin seufzte enttäuscht. Hier endete seine Spur dann wohl endgültig.

„Hm“, die Sekretärin war sich offenbar nicht sicher, ob sie ihm noch etwas sagen sollte. „Vielleicht…“

„Ja?“ entfuhr es Calvin wesentlich lauter als beabsichtigt, was ihm erboste Blicke vom Nebentisch einbrachte. „Sie haben eine Idee?“ fragte er dann ein wenig leiser und konnte nur mit Mühe seine Stimme drosseln.

„So würde ich das nicht sagen. Aber wenige Tage, nachdem Ihre Mutter uns besucht hatte, las ich in der Zeitung eine kurze Notiz über eine Frau, die versucht hatte, sich umzubringen. Sie war offenbar wahnsinnig geworden.“

„Hat man sie retten können? Was ist mit ihr geschehen?“

„Zu dem Artikel war ein Foto abgedruckt. Sie kennen ja diese grob gerasterten Bilder. Da können Sie nie sicher sein, ob Sie einen Menschen wirklich darauf erkennen. Aber ich war ziemlich sicher, daß es die Frau sei, die in der Kanzlei gewesen war. Also, es hieß, sie sei in eine Anstalt gebracht worden. Eine Klinik für Geisteskranke.“

„Wissen Sie, welche Klinik das war?“

„Wir haben nur eine hier im Ort. Das St. Beuno's Asylum in der Pen-Y-Maes-Road. Bestimmt kam sie dorthin.“ Mrs. Ellis tupfte mit einer nervösen Geste ihre Nase mit einem weißen Spitzentaschentuch ab. „Hören Sie, ich fürchte, ich muß jetzt gehen. Ich möchte vor dem Dunkelwerden zu Hause sein. Vielleicht war es ein Fehler, Ihnen all das zu erzählen. Ach was, es hätte nichts genützt, Ihnen etwas zu verschweigen. Sie hätten's irgendwie herausgefunden. Wissen Sie, Sie haben denselben entschlossenen Zug um den Mund wie diese Frau.“

„Sie haben meine Mutter nicht gemocht, hm?“

„Sie war eine Athed, und ich habe Ihnen erzählt, in welcher

Beziehung Ihre Familie mit Honorius Bedlam stand. Ich bin sicher, daß Ihre Mutter in Ordnung war. Ich habe das Gefühl, daß auch Sie in Ordnung sind, Mr. Vale, daher wünsche ich Ihnen viel Glück!"

„Ich Ihnen auch, Mrs. Ellis,... und ich danke Ihnen. Was auch immer ich im St. Beuno's finden werde, es wird mir helfen, mit meiner Vergangenheit fertigzuwerden."

Obwohl er damit rechnete, daß das Heim um diese Zeit geschlossen war, machte sich Calvin noch am Abend auf den Weg dorthin, denn es war in der Nähe. Das St. Beuno's, ein ehemaliges Kurhaus aus viktorianischer Zeit, lag in unmittelbarer Nähe des St. Winifred's Well. Eine Leuchttafel wies es als psychiatrische Klinik und Altenheim aus. Der Gedanke, daß hinter einem der neonkalt erleuchteten Fenster seine Mutter gefangen sein könnte, machte ihn selbst schier wahnsinnig. Da der Empfang jedoch geschlossen war und er nicht mehr Aufsehen erregen wollte als unvermeidlich, kehrte er unverrichteter Dinge ins Hotel zurück, wo er der Versuchung widerstand, Dilara anzurufen.

Wider Erwarten fiel er recht bald in einen tiefen Schlaf. Die mehr als sechsunddreißig Stunden, die er auf den Beinen gewesen war, forderten ihren Tribut. Doch die Eindrücke, die zu verarbeiten er tagsüber keine Gelegenheit gehabt hatte, ließen ihm keine Ruhe, sondern formten einen monströsen Traum, in dem er Dilara in den Klauen eines schuppigen Drachen sah, dann sich selbst als Teilnehmer eines Mahls zusammen mit Honorius Bedlam und seinen Großeltern. An die merkwürdigen Speisen, die dort gereicht wurden, konnte er sich nach seinem Erwachen am Morgen nicht erinnern, aber jedweder Appetit auf ein Frühstück war ihm vergangen. Er begab sich umgehend zum St. Beuno's.

London, August 2006, LUNA-Tower

Wenn Luna Sangue eines nicht mochte, dann, daß man sie unangemeldet störte. In ihren Räumen in der obersten Etage des LUNA-Towers war sie vor Menschen sicher. Vor den Angehörigen ihrer eigenen Rasse jedoch nur bedingt. Sie hatte kraft ihrer uralten Magie gewisse Schutzmechanismen eingerichtet, die einen Angriff verhindern sollten. Doch solange ein solcher nicht eindeutig vorlag, wirkte selbst der Zauber Aztlans nicht, der immer noch – wenn auch seit ihrer Wiedererweckung geschwächt – in ihrem Blut wirkte.

Als sich an diesem Abend ein massiger Schatten vor ihrem Fenster abzeichnete, glaubte sie im ersten Augenblick an einen Angriff. Dann aber erkannte sie, daß es sich um den ruhelosen Larvae handelte, den Ältesten des abgesetzten Rates, der sich als Führer der Nosferati durchgesetzt hatte.

Sein Gesicht wirkte bleich, wie eine Maske aus Wachs. Die Jahrhunderte untoten Lebens hatten darin tiefe Spuren hinterlassen. Luna mochte den Nosferatu nicht. Doch solange sie unter dem Schutz des Schattenkelches stand, konnte er ihr nicht gefährlich werden.

Und es interessierte sie, aus welchem Grund er sie aufsuchte.

Larvae sagte nichts, klopfte auch nicht an die Tür, die zu dem Gang um den Turm führte, auf dem er gelandet war, sondern wartete einfach nur.

Luna erhob sich aus ihrem bequemen Sessel und öffnete die Tür. Ein eisig kalter Windhauch fuhr herein und trug eine kaum wahrnehmbare Note von Fäulnis und Verfall mit sich.

Larvae nickte ihr stumm zu und glitt, ohne daß sie eine Bewegung seiner Beine unter dem langen Gewand erkennen konnte, in den Raum hinein.

Die Aufforderung, ihr gegenüber auf einer breiten Couch Platz zu nehmen, ignorierte er wortlos und blieb in der Mitte des Raumes stehen – wie eine massive Säule gefrorener Schwärze.

Die Vampirin machte es sich in ihrem Sessel bequem und strahlte Überlegenheit aus, als sie höhnisch sagte: „Nun, Ältester, aus welchem Grund suchst du uns auf?“

Ohne große Umschweife kam dieser zur Sache: „Es ist mir nicht verborgen geblieben, daß du unfreiwillig in das Ränkespiel der Geschwister Guardian und Dilara hineingezogen wurdest, Luna Sangue. Ich fühlte, daß es dir mißfällt, sie als Führer eures Bundes zu sehen. Auch ich mag es nicht dulden, daß sie zu mächtig werden.“

„So, das glaubst du zu fühlen?“ Luna wußte, daß sie dem Nosferatu nicht trauen konnte. Sie mußte sehr vorsichtig sein. Er mochte ihr als Verbündeter wertvolle Dienste leisten. Doch es war offensichtlich, daß er einen Verrat anstrebte, von dem vor allem er selbst profitieren würde. „Und was sagt dir dein Gefühl?“

„Alleine bist du zu schwach, um gegen sie zu bestehen. Du solltest dir jemanden suchen, der… nun, sagen wir… *ähnliche Ziele* verfolgt.“

Das war ein interessanter Gedanke. Sie war so sehr Einzelgängerin, daß ihr bislang nicht die Idee gekommen war, sich mit jemandem zu verbünden. Ob allerdings Larvae der richtige Partner war, wagte sie zu bezweifeln, darüber hinaus wußte sie, daß sie ohne die anderen vier die Macht des Schattenkelches nicht mehr nutzen konnte. Aber das würde sie dem Alten nicht auf die Nase binden! Dennoch war sein Ansinnen eine Überlegung wert. Sie konnte ja auch nur zum Schein darauf eingehen.

„Jemand wie du, meinst du?“ fragte sie daher. „Was hast du denn zu bieten?“

Larvaes Antlitz versteinerte, wenn es überhaupt möglich war, die unbewegliche, zerfurchte Masse zu noch größerer Leblosigkeit erstarren zu lassen. Seine toten Augen verengten sich zu gefährlichen Schlitzen.

„Viel… sehr viel… mehr als du ahnst… die bedingungslose Gefolgschaft der Nosferati“, sagte er. „Und eine Erfahrung, die dir nützlich werden könnte, da du so wenig vertraut mit dieser Stadt und ihren Gefahren bist…“

Die Luft um sie herum schien stillzustehen, und die Natur hielt den Atem an. Kein Vogel zwitscherte, die Bäume reckten ihre Äste still gen Himmel, kein Windhauch regte sich – die Zeit machte halt.

Es herrschte die sprichwörtliche Ruhe vor dem großen Sturm.

Dilara spürte die unmittelbare Gefahr, die sich auf sie zubewegte. Auf sie und ihre Welt.

Es war eine Armee, und sie hatte einen Führer, der sie vorantrieb.

Dieser besaß Schwingen – wie auch sie zuweilen – und eine ebenso dunkle Seele. Was ihn antrieb, brachte Verderben und Tod. Er kam aus einem anderen Reich, um sich die Schatten-

welt untertan zu machen. Ihre Welt zu unterjochen! Das spürte Dilara intuitiv.

Sie versuchte, inmitten der Schwärze der Nacht auszumachen, was sich ihr näherte.

Schwingen zerteilten die Nachtluft und trugen einen schuppenbesetzten Leib auf sie zu.

Sie hielt begierig nach ihm Ausschau, um endlich auszumachen, welcher Bedrohung sie sich ausgesetzt sah.

Da wechselte das Bild wie ein Kameraschwenk und zeigte eine alles verhüllende Nebelwand. Dilara wollte sich schon enttäuscht abwenden, als sich die Dunstschleier verzogen und den Blick auf eine Stadt freiließen, deren Skyline mit modernen hohen Wolkenkratzern von einem Fluß geteilt wurde, der sich wie eine Schlange durch ihre Mitte wand.

Sie fokussierte sich auf einen Punkt und zoomte ihn wie eine Kamera heran.

Es war ein hohes Gebäude, ein aus Fensterfronten bestehender Turm, der ihr merkwürdig vertraut vorkam, auch wenn er sich über eine Stadt erhob, die ihr nicht fremder hätte sein können.

Dilara spürte die schwül-heiße Luft, die ihr entgegenschwappte, als habe man sie in das Bild hineingezogen, das sich ihrer Traumwelt bot. Denn etwas anderes konnte, durfte es nicht sein.

Wieder sah sie den geflügelten Drachen, der auf dem Dach des Turmes landete und die Gestalt wandelte.

Die Silhouette eines hochgewachsenen, sehr hageren Mannes bewegte sich durch die Dunkelheit und wurde von ihr verschluckt.

Was übrigblieb, war die Stadt, die Dilara plötzlich wohlbekannt war... sie wußte, daß sie schon einmal dort gewesen war. In der Drachenkopf-Metropole... Shanghai... im Tor zur Welt.

Wieder vollführte die imaginäre Kamera einen Schwenk.

Die schöne Vampirin sah sich mit Guardian in Pudong östlich des Huangpu-Flusses an dem Oriental Pearl Tower vorbeischlendern. Der knapp fünfhundert Meter hohe Fernsehturm, „Perle des Ostens“ genannt, war der dritthöchste der Welt.

Sie fühlte sich wieder merkwürdig heimisch und sah sich auf einer der Aussichtsplattformen des bekanntesten Wahrzeichens von Shanghai stehen.

Sie liebte das Gebäude.

Seine einmalige Bauart aus elf verschieden großen Kugeln auf unterschiedlichen, von Säulen getragenen Ebenen.

Doch Düsternis vertrieb das atmosphärische Bild, das eine Erinnerung in ihr zart angesprochen hatte.

Dilara, die immer noch mit Guardian auf der Promenade des Huangpus wandelte, in einem leichten, geblümten Sommerkleid, bei ihm untergehakt, sah das Gesicht in den Wolken zuerst. Das Gesicht eines Mannes, eindeutig asiatischer Herkunft mit nach außen hochgezogenen Augenbrauen, einem schmallippigen Mund und tiefen Nasalfalten.

Und einem Feuer in den Augen, das nichts Gutes verhieß.

London, August 2006, in den Katakomben der St. Paul's Cathedral

Guardian blickte erstaunt von seinem Buch auf, als ihm einer seiner Vertrauten einen nächtlichen Gast anmeldete.

„Luna Sangue befindet sich in den Katakomben und ist auf dem Weg in die Bibliothek!“ sagte der junge Vampir, der seit einigen Tagen Guardians dienstbarer Geist war. Der Wächter begrüßte das, auch wenn es ihn erst stutzig gemacht hatte, daß Eurynome das Thema angeschnitten und den jungen Mann vorgeschlagen hatte, der auf eine lange Lebensgeschichte zurückblickte.

Er schätzte es eigentlich nicht sonderlich, ständig ein anderes Wesen um sich zu haben, sah aber dennoch die Notwendigkeit ein. Schließlich erforderte der Schattenkelch besondere Vorsichtsmaßnahmen, und so hatte Guardian seinem Namen alle Ehre gemacht, den Bezirk rund um die Kuppelhalle, die auch den Schrein mit dem Schattenkelch und Antediluvians Aufzeichnungen verbarg, abgesperrt und die Katakomben durch eine gut trainierte Wachmannschaft aus jungen athletischen Vampiren gesichert.

„Danke, Semjasa!" Guardian schenkte dem Vampir mit dem streichholzkurzen, kastanienbraunen Haar ein freundliches Lächeln. Entgegen seiner anfänglichen Skepsis fühlte er sich wohl in dessen Gegenwart.

Semjasa verfügte über ein angenehmes Wesen, und besonders seine zurückhaltende Art zeichnete ihn für Guardian aus, der Aufdringlichkeit nicht sonderlich schätzte und sich, sobald er sich ihr ausgesetzt sah, zurückzog.

Noch etwas verband die beiden Männer – ihre Belesenheit. Der junge Mann sah interessiert auf das Buch auf Guardians Schreibtisch.

Harte, eilige Schritte erklangen.

Luna!

Zielstrebig betrat sie die Bibliothek, grüßte Guardian kühl und knapp. Semjasa übersah sie geflissentlich, was dieser nutzte, sich stillschweigend zurückzuziehen. Man sah an seinem verschlossenen Gesichtsausdruck deutlich, daß er sich in Lunas Gegenwart unwohl fühlte. So geht es vielen, dachte Guardian.

Daß sie ihn ohne Ankündigung aufsuchte, mußte einen triftigen Grund haben.

Ohne Aufforderung setzte sie sich ihm gegenüber und wahrte, wie Guardian erstaunt registrierte, nicht den sonstigen Abstand. Er verspürte immer noch Unbehagen, wenn ihm die Ähnlichkeit bewußt wurde, die die Vampirin mit seiner Schwester hatte. Oder seine Schwester mit ihr? Schließlich lebte in Luna ein Teil der Mondgöttin.

Wieder einmal nahm er sich vor, mit Dilara zu reden und seine Schwester aufzufordern, gemeinsam mit ihm zu ihrer beider Ursprung zu reisen.

„Wir haben mit dir zu reden", erklang Lunas klare Stimme in seine Gedanken hinein.

„Und worüber?" Guardian hielt es für angebracht, sofort auf den Punkt zu kommen. Er war ohnehin nicht der Typ für Geplänkel, und mit Luna erst recht nicht. Immer wieder fragte er sich, warum sie eine der Fünf sein mußte. Und kam immer wieder zu dem Schluß, daß es nur in der Mondgöttin begründet sein konnte.

„Darüber, daß uns Gefahr droht!" stieß Luna hervor und war sich Guardians Aufmerksamkeit augenblicklich gewiß.

London, August 2006, Scotland Yard

Stephen Mills saß unschlüssig hinter seinem Schreibtisch und starrte auf den leeren Stuhl seines neuen Partners. Mick Bondye war wie vom Erdboden verschluckt.

„Das scheint mir ja ein Bürschchen zu sein!" brummelte Mills vor sich hin. „Extratouren und Eskapaden ohne Ende. Na, das kann ja heiter werden. Dem werde ich was erzählen, wenn er wieder auftaucht. Wenngleich... irgendwie paßte es ja!“

Was Mick nicht wußte, war, daß Stephen Mills ein ausführliches Dossier über seinen Partner studiert hatte, bevor er seinen neuen Posten antrat und auf Bondye losgelassen wurde. In mehrfacher Hinsicht.

Doch nun galt es erst einmal herauszufinden, wo sich der junge Cop befand. Mills wurde das Gefühl nicht los, daß Mick Bondye für das Verschwinden seiner Partnerin Cassandra verantwortlich war. Es machte ihn stutzig und mißtrauisch, daß Mick, wann immer er darauf angesprochen wurde, abblockte oder schroff reagierte. Das stand völlig im Gegensatz zu seinem sonstigen beruflichen Eifer, wie auch manch andere Verhaltensweise von ihm. Mills fragte sich auch, wie es Mick geschafft hatte, in die Elitetruppe des Yards zu gelangen, da sein Dossier erhebliche Lücken aufwies. Aufmerken ließ ihn auch der Geburtsort seines Partners – Mick Bondye stammte aus Port-au-Prince auf Haiti – in Zusammenhang mit Micks außergewöhnlichem Namen.

„Bondye“, murmelte Mills. „Oberster Götze! Also, wenn das ein Zufall ist, fresse ich Dr. Grean höchstpersönlich.“ Er hatte sich nach dem Studium der Daten seines Partners in die Recherche gestürzt und sich mit den Gepflogenheiten von Haiti beschäftigt, auch mit der Religion. Sehr schnell war er auf interessante Aspekte gestoßen, insbesondere im Zusammenhang mit dem Voodooglauben. Als dann auch noch die Tote im Richmond Park gefunden worden war, deren grauenvolle Entstellungen von einem menschlichen Gebiß stammten, war in Stephen Mills Gehirn sofort ein Wort aufgeflackert: Baka!

Dabei handelte es sich um einen Untoten des haitianischen Volksglaubens, der sich von Menschenfleisch ernährte. Wenn man alle Punkte zusammenzählte, lief es nur auf einen heraus:

Mick Bondye, den Obersten Götzen! Noch etwas war Mills im Gedächtnis haften geblieben: Micks mögliche Verbindung zur Roten Sekte, die nicht gerade einen positiven Ruf besaß.

Jeder andere Detective des Yards hätte sicher müde abgewunken und keine derartigen Zusammenhänge in Erwägung gezogen. Stephen Mills jedoch war von einem anderen Kaliber. Er besaß nicht die Ignoranz, das Offensichtliche abzutun, nur weil es nicht in die europäische Sichtweise hineinpaßte, und er verfügte über weitreichendere Kenntnisse als seine Kollegen des Yards. Bedeutsamer jedoch war, daß er nicht zufällig Micks Partner geworden war. Der, für den Stephen Mills tatsächlich arbeitete, in dessen Dienst er als unerschütterlicher Söldner stand, hatte ihn gezielt auf Mick Bondye angesetzt.

Als wäre ihm das bewußt geworden, betastete Mills vorsichtig seine Schulter.

Die Tätowierung darauf war noch frisch!

London, August 2006, in den Katakomben der St. Paul's Cathedral

„Irgend etwas stimmt nicht!“ sagte Dilara aufgeregt und lief vor Guardians Schreibtisch auf und ab. „Mick hat sich seit Tagen nicht mehr gemeldet.“

Guardian grinste. „Das hat er doch früher auch nicht.“

Dilara stoppte abrupt ihren Lauf. „Aber in der letzten Zeit war er häufiger bei mir.“

„So?“ Das Grinsen auf Guardians Gesicht wurde breiter und amüsierter. „Gibt es da etwas, das ich Calvin nach seiner Rückkehr sagen sollte?“

„Dummes Zeug!“ brauste Dilara auf, und ihre Augen sprühten grüne Funken. „Ich habe Cal eher in Verdacht, daß er Mick gebeten hat, ein Auge auf mich zu werfen.“ Sie zögerte, bevor sie weitersprach. „Allmählich mache ich mir Sorgen um beide und habe ein sonderbares Gefühl im Bauch.“ Sie sah Guardian ernst an. „Was Mick angeht – in seinem Haus ist auch keine Spur von ihm.“

„Du warst dort?“ In Guardians Stimme klang ehrliches Erstaunen.

Sie nickte. „Im übrigen habe ich im Yard angerufen. Und sein neuer Partner hat sich sichtlich herausgewunden.“

„Donnerwetter, du hast bei Scotland Yard angerufen?“

Dilara seufzte: „Was sollte ich machen?“ Dann schmunzelte sie. „Ich habe eine leicht dümmliche Freundin von Mick abgegeben.“ Sie erhob ihre Stimme zu einem infantil hellen Geplapper. „Kann ich Mick Bondye sprechen? Er ist nicht da? Ja, wo ist er denn? Ich habe schon seit Tagen nichts mehr von ihm gehört.“ Dilara kicherte. „Und so weiter und so fort.“ Sie wurde ernster. „Mills, sein neuer Partner, hat sehr ausweichend geantwortet und mir etwas von einem *Undercovereinsatz* erzählt.“

Der Wächter schwieg eine Weile und dachte über ihre Worte nach. Dann sah er sie mit seinen klaren blauen Augen an. „Aber das kann doch durchaus sein. Schließlich gab es eine neue Mordserie in London. Vielleicht geht Mick einer heißen Spur nach.“

Dilara blieb vor dem Schreibtisch stehen und gestikulierte temperamentvoll mit den Händen, wie sie es immer tat, wenn sie etwas erregte. „Davon hätte er mir sicher erzählt. Ein Gefühl sagt mir, daß er in Gefahr schwebt. Wir müssen ihn suchen, Guardian!“

„Wir?“

Entschlossen blickte sie ihren Bruder an. „Ja, wir! Du und ich!“ Vehement, wie sie es sagte, duldete sie keinen Widerspruch, keinen Aufschub.

Guardian nickte. „Also gut! Wir suchen ihn! Doch wo setzen wir an?“

„Bei seinem Partner!“ erwiderte Dilara mit fester Stimme. „Und ich habe auch schon eine Idee!“ Ihr Tonfall ließ Guardian aufhorchen. Er verhieß nichts Gutes!

London, August 2006, LUNA-Tower

Luna spürte Beklommenheit in sich, wie immer, wenn sie das Gefühl heimsuchte, nicht mehr alles – oder, wie derzeit: immer weniger – unter Kontrolle zu haben. Denn Kontrollverlust kam einer Machteinbüßung gleich. Und wenn sie eines haßte und zu verhindern suchte, dann das! Weil es auch ihrer ureigenen Lebensphilosophie entgegenwirkte. Sie war geschaffen worden, um Herrschaft über andere auszuüben.

Aber nun schien sich alles in eine Richtung zu verselbständigen, die sie in höchste Alarmbereitschaft versetzte.

Nicht nur der Jüngling mit dem Drachentattoo bereitete ihr Kopfzerbrechen, auch die Träume, die sie seit ihrer Begegnung mit ihm heimsuchten. Sie waren düster, nebulös und zeugten von Gefahr. Und das war ein Fingerzeig.

Die Bilder, die ihr ihre Traumwelt auferlegte, begleiteten sie ständig und wiederholten sich ununterbrochen. Nacht für Nacht kam diese geflügelte Gefahr über sie.

Und immer wieder wandelte sich der Drache zu einem Mann, der seine Machtzentrale in einem ebensolchen Turm beheimatet hatte wie sie. Weit entfernt und ihr dennoch beunruhigend nah. Aus schmalen Augen, die sein asiatisches Blut verrieten, schien er sie vom Reich der Mitte aus zu beobachten und in seine Pläne mit einzubeziehen.

Dunkle Pläne, die den Tod brachten.

Normalerweise hätte Luna diese Träume geringschätzig abgetan und ihnen keine sonderliche Beachtung geschenkt.

Tod, was bedeutete er ihr schon?

Er konnte ihr nichts anhaben.

So dachte sie.

So *hatte* sie gedacht.

Besonders, seit sie dem Bund der Fünf angehörte, war ihre angeborene Überheblichkeit noch mehr gewachsen.

Seit der Schattenkelch seine dunkle Macht in sie geschickt hatte.

Doch es war nicht so, wie es sein sollte.

Etwas veränderte sich – *hatte* sich bereits gewandelt.

Eine Woge bewegte sich auf sie zu.

Nicht nur auf sie.

Auf alle ihrer Art.

Luna gab einen unwilligen Laut von sich, sah sich in ihrem kühl, doch luxuriös eingerichteten Penthouse um. Alles strahlte Gediegenheit, aber auch Unnahbarkeit aus. Und gerade letzteres war ein fester Bestandteil ihrer Wesenheit. Daß eine unbekannte Größe die Macht besaß, das Leben der Kosmetikkonzernchefin zu überwachen, sogar einen Mörder auf sie anzusetzen, machte sie hilflos.

Alles in ihr sträubte sich gegen dieses Gefühl.

Sie war diejenige, die diese Hilflosigkeit in anderen auslösen sollte. Nicht umgekehrt.

Auch Larvaes Verhalten gab ihr zu denken. So reizvoll es für Lunas Urseele war, Zwietracht im Rat der Schattenwelt zu säen, so sehr nahm sie auch bei der reinen Vorstellung davon Abstand, weil es ihrer aller Macht zu sehr eingeschränkt hätte.

Der Schattenkelch verlangte nun einmal Einigkeit.

Eine Tatsache, die Luna zugegebenermaßen Schwierigkeiten bereitete. Sie war eine Einzelgängerin, und es bereitete ihr Unbehagen, andere Wesen so nah an sich heranzulassen. Aber es gab keinen anderen Weg.

Noch nicht!

Darüber hinaus war es im Moment unklug, sich mit den anderen zu entzweien. Sie benötigte deren Rückhalt, um Kraft zu schöpfen, damit sie ihr gefährdetes Unternehmen an die Spitze der Wirtschaft zurückbringen konnte.

Wieder kam ihr der Jüngling in den Sinn, der sie hatte töten wollen.

Oder wollte er sie nur einschüchtern und ein drohendes Zeichen setzen – von dem, der zum Feldzug gegen ihre Art angetreten war?

Anders konnte man das nicht mehr ausdrücken.

Ihr Gespräch mit Guardian und das, was er zu berichten wußte, zeigten ihr deutlich, daß von dem Reich der Mitte eine uneinschätzbare, aber geballte Gefahr ausging.

Überall tauchte das Zeichen des Drachens auf.

Und in Luna regte sich dabei etwas. Etwas, das tief in ihr schlummerte und das ihr neues zwiegespaltenes Wesen noch deutlicher zum Vorschein brachte. Die eine Seite in ihr riet ihr zur höchsten Vorsicht, die andere aber fühlte sich zu diesem neuen Monopol hingezogen.

Ihre Kundschafter hatten ihr berichtet, daß es wieder zu neuen Vernichtungstaten innerhalb der Vampirgesellschaft gekommen war, aber sie unterschieden sich wesentlich, waren gezielte Tötungen.

Sie glichen Hinrichtungen.

Ich muß mit Mick reden, dachte sie, er muß mehr über den Orden des Drachen in Erfahrung bringen. Dessen Anhänger scheinen überall ihre Finger im Spiel zu haben. Sie sind womöglich das Bindeglied zu dem unbekannten Gegner.

Lunas schöner Körper straffte sich, und sie nahm wieder ihre gewohnte hochaufgerichtete und stolze Haltung an. Dann griff sie nach dem Telefon und tippte die Nummer des Cops ein. Doch dieser meldete sich nicht.

London, August 2006, Park Lane

Dilaras fieberhafte Unruhe trieb sie nach dem Gespräch mit ihrem Bruder erst einmal in den Hyde Park. Dort suchte sie sich ein schnelles Opfer, um ihre Kräfte wiederzuerlangen. Immer, wenn die schöne Vampirin emotional gefordert war, nahm ihr Potential schneller als üblich ab. Sie sah die junge Frau an dem Gebüsch vorbeikommen, hinter dem sie sich verborgen hielt, streckte die Hand aus und zog ihr verdattertes Opfer mit einem einzigen heftigen Ruck durch das Strauchwerk. Das Mädchen, diese Bezeichnung traf eher zu, denn sie war jünger als vermutet, hatte nicht einmal mehr Gelegenheit, einen Schrei auszustoßen. Dilaras Linke hielt das Opfer fest umklammert, die Rechte griff in das Genick des Mädchens und brach es mit einer geschickten Drehung.

Sie sank mit dem schlaffen Körper zu Boden und verbiß sich in dem noch warmen Hals, trank in gierigen Schlucken das Blut, das ihr neue Kraft geben sollte.

Nachdem sie sich ausgiebig bedient hatte, ließ sie von der Toten ab und huschte im Schutze der Dunkelheit zu ihrem

Haus, das ihr ohne Calvin immer leerer erschien. Daß er ihr so sehr fehlte, machte sie beinahe wütend auf sich selbst – weil sie dieses Gefühl zuließ.

Sie durchquerte eilig den Vorgarten. Wie von einer fremden Macht angetrieben. Dabei galten ihre Gedanken weniger Mick und Calvin, um die sie sich sorgte, sondern ihrem eigenen Wohl. Ihr Instinkt warnte sie schlagartig vor einer Gefahr, in der sie schwebte. Dilara blickte sich um, versuchte in der Dunkelheit etwas auszumachen, doch da war nichts, und sie sah zurück zum Haus.

An der mit kunstvollen Verzierungen versehenen Eingangstür ihres Heimes steckte gut sichtbar ein Umschlag, auf dem mit klarer Handschrift ihr Name vermerkt war.

Noch auf der Schwelle des Hauses öffnete sie das Kuvert, entfaltete den darin enthaltenen Brief und hatte das Gefühl, als würde eine Glasglocke über sie gestülpt. Die Worte verschwammen vor ihren Augen, und sie gab erstickte Laute von sich.

Guardian, war ihr erster Gedanke, ich muß sofort zu Guardian und ihm das zeigen!

Doch bevor sie sich herumdrehen konnte, um sich auf den Weg in die Katakomben der St. Paul's Cathedral zu machen, nahm sie einen dunklen Schatten wahr. Er hatte einen schuppigen Leib und ledrige Schwingen. Und seine klauenartigen Krallen griffen nach ihr.

London, August 2006, Chinatown

Mick kam benommen zu sich. Er schüttelte einige Male den Kopf, bis sich die Schlieren vor seinen Augen endlich verzogen, was ihm aber auch keine bessere Sicht verschaffte, da um ihn tiefe Dunkelheit herrschte.

Er versuchte sich aufzurichten, was ihm nur mühsam gelang. Man hatte ihm die Arme straff hinter den Rücken gebunden und seine Füße ebenfalls gefesselt.

Mick ließ einen Fluch los, der selbst den Höllenfürsten persönlich hätte erblassen lassen.

Dann erinnerte er sich, was ihn zurückgeholt hatte: Delphines Stimme... und ihr erotisches Lachen. Nein, da waren zwei gewesen. Cassandra und Delphine. Mick schüttelte erneut den Kopf, dieses Mal verunsichert. Ich werde mit euch zu reden haben, meine Damen, dachte er in einem Anflug von Galgenhumor, ihr schneit so mir nichts, dir nichts in meine Seelenwelt, als ginge es um einen Sonntagsbesuch. Sonst bin *ich* es immer, der den Kontakt herstellt, und... er unterdrückte den Gedanken. Er schien sich auf eine höhere Ebene begeben zu haben... seit... seit er die Energie des Schattenkelches in sich aufgenommen hatte, und somit waren auch seine Kontakte zu den Seelen Verstorbener anders geworden – mehrschichtiger.

Als habe ihn der Gedanke daran mit Energie gefüllt, versuchte er, sich von seinen Fesseln zu befreien. Ob ihm seine Gegner auch das kleine Messer genommen hatten, das er immer in seinem Stiefel trug?

Mick versuchte, sich weit genug zu verbiegen, um hinterrücks mit seinen gebundenen Händen an den rechten Stiefelschaft zu gelangen. Ein stechender Schmerz schoß in seinen Rücken. Er unterdrückte einen lauten Fluch. Schließlich wußte er nicht, ob sich die Typen, die ihn überwältigt hatten, noch in der Nähe herumtrieben. Auszuschließen war das nicht.

Der letzte Satz, den er gehört hatte, bevor er das Bewußtsein verlor, war gewesen: „Ich hoffe, du hast nicht zu hart zugeschlagen, Kylin! Schließlich wollen wir noch einiges von ihm erfahren!“

Mick erinnerte sich unterschwellig an den Einstich einer Nadel und meinte, seine eigene Stimme unzusammenhängend stammeln zu hören.

Die Erinnerung kam wie ein Donnerschlag über ihn.

Er hatte den Typen Dilaras Adresse verraten!

Die schöne Vampirin schwebte in Gefahr, und er war außerstande, sie zu warnen!

Mick schrie leise auf und zerrte mit aller Macht an seinen Fesseln, die tief in sein Fleisch einschnitten. Aber er spürte keinen Schmerz, war nur von dem Gedanken beseelt, sich zu befreien und Dilara zu Hilfe zu eilen.

Er verbog sich so weit, daß er schon meinte, seine Wirbel knirschen zu hören. Millimeter für Millimeter tastete er sich an den Stiefel heran und hätte am liebsten laut gejubelt, als er den Griff das Jagdmessers fühlte. Ihr habt einen Fehler gemacht, ihr Dilettanten, dachte er hämisch, zog das Messer hervor, drehte es so, daß die Schneide nach oben deutete und begann mit langsamen Bewegungen die Stricke zu durchtrennen. Ein leises, knackendes Geräusch verriet, daß der Sisal zerfaserte, und Mick jubelte lautlos.

Seine Hände waren wieder frei!

Leise stöhnend bewegte er die Finger, damit sie wieder durchbluteten, rieb sich die Handgelenke und beeilte sich dann, auch seine Fußfesseln zu lösen. Ächzend hievte er sich hoch und tastete sich zur Tür – vermutlich des Lagerraumes – und fand diese natürlich verschlossen. Solche Amateure waren seine Gegner dann doch nicht.

Der Voodoovampir-Cop begutachtete das verschmutzte, milchige Fenster.

Jetzt oder nie, dachte er und tastete in der Finsternis nach einem Gegenstand, womit er die Scheibe zertrümmern konnte. Er bekam eine Metallstange zu fassen und wollte sich schon dem Fenster zuwenden, als plötzlich Schritte erklangen und sich eindeutig auf den Raum, in dem man ihn gefangenhielt, zubewegten. Sie verharrten vor der Tür, hinter die sich Mick blitzschnell stellte. Die klimpernden Geräusche eines Schlüsselbundes ertönten, dann wurde an dem Schloß herumhantiert, und die Tür flog mit einem Schlag auf.

Blitzschnell trat Mick zur Seite, wechselte in Sekundenschnelle die Gestalt und flatterte wie eine Mutation aus übergroßer Krähe und Fledermaus über die beiden Männer hinweg, die nach ihrem Gefangenen sehen wollten. Als der Ältere der beiden beim Anblick des düsteren Flatterwesens wütend aufschrie, fuhr der Vogelkopf der Kreatur herum, hieb mit dem mächtigen Schnabel nach ihm und hackte ihm das rechte Auge aus. Der Mann schrie schmerzerfüllt auf, schlug um sich und traf seinen Kumpan, der zu Boden stürzte.

Die Kreatur aber stieß ein heiseres und triumphierendes Krächzen aus und verschmolz mit dem dunklen Nachthimmel.

Später wußte Mick nicht mehr genau, wie schnell er in den Katakomben unter der St. Paul's Cathedral war. Das, woran er sich aber lebhaft erinnerte, war das erstaunte Gesicht des Wächters, als die Schattenkreatur in die Bibliothek flatterte und wieder Gestalt annahm.

Guardian war alarmiert, als er Mick erblickte. „Wo kommst du denn her?" wollte er aufgebracht wissen. Entgegen seiner sonst so ruhigen Art fuchtelte er mit einer Hand in der Luft herum. „Und vor allem, was war das da eben?"

„Ich!“ sagte Mick und grinste kurz.

„Dilara ist in großer Sorge um dich!“ entfuhr es Guardian.

Mick wurde schlagartig ernst. „Und ich um sie, und meine Sorge ist berechtigt!“ Er eilte, bevor Guardian etwas erwidern konnte, mit wenigen ausholenden Schritten um den Schreibtisch herum, packte den blonden Vampir am schlichten Revers seiner Anzugjacke und zog ihn unsanft empor. „Wir müssen zu ihr... ich hoffe, es ist noch nicht zu spät!“

Ohne Guardians Antwort abzuwarten, zog der Voodoovampir-Cop den blonden Wächter hinter sich her.

Asien, August 2006

Eine Welle der Erregung packte den Drachen – besser als jeder Orgasmus, weil sie nicht nur den Körper, sondern auch die Seele erreichte. Er hatte die Fäden seines Spinnennetzes ausgeworfen und die eingesponnen, auf die es ankam, die als Basis des Übels anzusehen waren. Und durch die er die wesentlichen Machtorgane in sein Reich locken konnte. Dort, wo er sich sicher bewegen und agieren konnte. Wo er nicht so auf der Hut sein mußte wie im fernen London.

Jetzt, wo er Dilara Demimondes in seiner Gewalt hatte und somit den Trumpf besaß, den er für sein weiteres Vorgehen benötigte. Nun konnte er die Schlinge um den unglückseligen Bund enger und enger ziehen. Langsam, genüßlich, um sich an ihrer Seelenpein zu ergötzen.

Darin glich er einer aus dieser Allianz.

Der Drache konnte seine Ungeduld kaum bezähmen, vor Dilara Demimondes zu treten.

Vor allem, sich zu erkennen zu geben.

Er wollte in ihre Augen sehen, das Erschrecken darin erkennen und es genießen, wenn er ihr offenbarte, was er zu tun gedachte. Sie würde die letzte sein, die er vernichtete. Vorher sollte sie mitansehen, wie er die, die ihr nahestanden – vor allem *den,* den sie liebte –, quälte und zerstörte. Dann würde er ihr vor Augen führen, wie er ihr gesamtes Volk vernichtete. Und sie würde die letzte sein, die seinen Rachefeldzug krönte.

Die Königin des Mondes.

Wales, August 2006, St. Beuno's Asylum

Bei Tageslicht wirkte das Heim kalt und abweisend. Der Eingangsbereich war modern in Stahl und Glas gestaltet worden und sollte Offenheit suggerieren. Aber wieviel Offenheit war an einem solchen Ort überhaupt möglich?

Calvin verspürte eine gewisse Nervosität, als er an den Empfang trat und sich dort erkundigte, ob es im St. Beuno's eine Bewohnerin mit dem Namen seiner Mutter gebe.

„Ruth Vale?“ sagte die Frau, die bis dahin in einer Illustrierten geblättert hatte. „Ja, sie lebt im Westflügel, Zimmer 38. In welcher Beziehung stehen Sie denn zu ihr, Mister…?“

„Vale. Calvin Vale. Sie ist meine Mutter!“

Es entstand eine unangenehm lange, bedrückende Pause.

„Sie haben sich viel Zeit gelassen, Ihre Mutter zu besuchen, Mr. Vale“, stellte die Sekretärin kühl fest.

„Tut mir leid, aber ich wußte ja nicht einmal, daß sie noch lebt.“

Sie zog die Augenbrauen in die Höhe, errötete sichtlich und

sagte: „Entschuldigen Sie, ich wollte mir nicht anmaßen, über Sie zu urteilen. Ihre Mutter ist auf der geschlossenen Station untergebracht. Ich werde Schwester Judith bitten, Sie abzuholen." Sie nahm den Telefonhörer und sprach einige Worte auf Walisisch hinein.

Calvin wartete kaum eine Minute, bis sich eine Tür zur kleinen Empfangshalle öffnete und ihn die Schwester, eine robuste junge Frau mit kurzgeschnittenen roten Haaren, abholte.

„Mrs. Vale ist Ihre Mutter?" fragte sie ihn auf dem Weg durch das Ganglabyrinth, der sie zum Westflügel führte. Calvin nickte. „Ich kümmere mich die meiste Zeit um sie. Wenn es die knappe Zeit zuläßt. Wir haben über zwanzig Bewohner auf unserer Station. Nicht alles leichte Fälle. So, da sind wir..." Sie hatte einen Bund mit einer Vielzahl an Schlüsseln in der Hand und öffnete die stabile Drahtglastür zur geschlossenen Station.

Calvin hatte ein Bild erwartet, das er aus Filmen über psychiatrische Kliniken kannte. Verwirrte, schreiende und stöhnende Menschen, an ihre Sessel gefesselt. Pflegekräfte, die mit harten, kalten Kommandos versuchten, die Kontrolle zu bewahren. Doch auf der Station war es erstaunlich still. Im Aufenthaltsraum saßen einige ältere Damen und Herren um einen Tisch. Zwei von ihnen waren in ein angeregtes Gespräch vertieft. Von Aggression oder Verzweiflung war hier nichts zu spüren.

Schwester Judith setzte eine Bewohnerin, die im Begriff war, aus ihrem Stuhl zu rutschen, wieder auf. Dann führte sie Calvin zu einem Erker, in den von drei Seiten helles Sonnenlicht hineinfiel. Ein Rollstuhl stand dort so, daß er ihm den Rücken zuwandte.

„Sie haben sie lange nicht gesehen. Bitte erschrecken Sie nicht!" sagte die Schwester und drehte den Stuhl um, wobei sie eine Hand beruhigend auf die Schulter einer alten Frau legte. Diese trug ihr langes graues Haar zu einem Zopf geflochten. Nur ihre Augenbrauen waren tiefschwarz... wie auch ihre Augen.

Calvin erkannte sie trotz all der Jahre, die seit ihrer letzten Begegnung vergangen waren. Sie war seine Mutter. Oder vielmehr das, was von ihr übriggeblieben war. Ihr linker Mundwinkel hing schlaff herab, auch ihre linke Hand schien gelähmt.

„Sie hatte letztes Jahr einen Schlaganfall." Die Schwester hatte den Schmerz in seinem Blick erkannt. „Seitdem ist ihre linke Körperhälfte so gut wie gelähmt. Ansonsten hat sie den Schlag gut überstanden. Es hätte schlimmer kommen können."

Schlimmer? Calvin bezweifelte das. Die Frau im Rollstuhl wirkte auf ihn wie eine verdorrende Pflanze; zu keiner Regung fähig. Sie nahm ihre Umgebung nicht mehr wahr.

„Mutter!" Calvin fühlte sich schrecklich hilflos, als er seine Hand auf ihren kranken Arm legte. „Endlich habe ich dich gefunden!"

Sie antwortete nicht.

„Wie war sie, als sie hierherkam?"

„Oh, damals habe ich noch nicht hier gearbeitet. Aber ich habe die Akte gelesen. Sie muß furchtbar verwirrt gewesen sein und hatte angeblich versucht, sich das Leben zu nehmen. Man diagnostizierte paranoide Schizophrenie und stellte sie medikamentös ein. Aber ihr Geist geriet nie wieder in ein stabiles Gleichgewicht. Anhand ihrer Papiere konnte ihre Identität festgestellt werden. Wir haben die Angehörigen benachrichtigt..."

„Sie meinen, Sie haben mit meinem Vater gesprochen?" Calvin konnte es nicht fassen.

„Ich glaube ja." Sie überlegte. „Doch, ganz sicher. Wir erhielten einen großzügigen Scheck, der sämtliche Kosten abdecken sollte, und eine Geldanweisung über die Lebenszeit der Bewohnerin."

Calvin schnappte nach Luft. Sein Vater hatte die ganze Zeit über gewußt, daß seine Mutter noch lebte, und wo sie sich befand.

„Hören Sie, Mr. Vale, ich muß mich leider um die Station kümmern. Aber wenn Sie möchten, zeige ich Ihnen das Zimmer Ihrer Mutter."

Er nickte, noch immer fassungslos, und ließ es geschehen, daß die Krankenschwester den Rollstuhl durch den Saal in einen langen Gang schob. Sie öffnete eine Tür am Gangende und führte ihn in ein freundliches, aber anonymes Zimmer, in dem es nach Desinfektionsmittel roch. Es gab keine persönlichen Einrichtungsgegenstände.

„Bitte, entschuldigen Sie mich", sagte die Schwester und ließ ihn mit seiner Mutter alleine.

Calvin begnügte sich damit, dieser gegenüber auf einem Stuhl Platz zu nehmen und ihre Hand zu halten. Über ihre ausgelöschten, leeren Augen legte sich jener Schimmer von Sanftheit, den er als Kind immer an ihr geliebt hatte. Und er begann zu erzählen. Alles, was sich seit ihrem Fortgang zugetragen hatte. Von der Zeit im Internat und danach, seiner ersten Begegnung mit Dilara, dem Schicksal seines Vaters... und seiner Suche nach ihr.

Dann schwieg er lange Zeit.

Das Mittagessen wurde gebracht, und er fühlte sich verpflichtet, es ihr selber zu reichen, was die Krankenschwester mit einem dankbaren Lächeln quittierte. Seine Mutter aß nicht viel, und sie wirkte danach sichtlich ermüdet.

„Ich werde jetzt gehen, Mutter, aber ich komme bald wieder!" flüsterte Calvin, ergriffen von der Begegnung, und wollte sie ein letztes Mal streicheln.

Da griff sie mit ihrer gesunden Hand nach ihm und hielt ihn fest. „Was…“ Sie löste ihren Griff und wies, ohne daß auf ihrem Gesicht eine Regung zu erkennen war, auf den Schrank, der zum Standardmobiliar des Heims gehörte.

„Ich soll den Schrank öffnen?“

Keine Antwort. Die Hand deutete noch immer in dieselbe Richtung.

Er schloß die Tür auf. Säuberlich aufgestapelt lagen da Wäsche und Handtücher, die sicherlich nicht seiner Mutter Geschmack gewesen waren, aber danach hatte man sie nicht mehr fragen können. In einem Fach aber, in dem sich ihre wenigen persönlichen Habseligkeiten befanden, entdeckte er eine schmale, hölzerne Zigarrenkiste, die mit einer groben Schnur umwickelt war.

Als Calvin die Schachtel aus dem Schrank herausgenommen und in den Schoß seiner Mutter gelegt hatte, bildeten sich in ihren Augenwinkeln Tränen. Noch einmal drückte sie seine Hand, dann wurde ihr Blick wieder starr und teilnahmslos.

Eine Schwester der Nachmittagsschicht räumte wenig später das Mittagessen ab. Calvin verabschiedete sich von seiner Mutter mit dem Versprechen, sie so bald wie möglich aus dem Heim herauszuholen und ihr zu helfen.

Die Schachtel wie einen Schatz an sich gepreßt, war er zum *Central* zurückgekehrt und hatte sich auf seinem Zimmer eingeschlossen, um bei seiner Untersuchung ungestört zu sein.

Mit gemischten Gefühlen löste Calvin das Paketband und klappte den Deckel auf. Er erwartete, etwas zu finden, das in der Lage war, einen gesunden Menschen wie seine Mutter so sehr zu verstören. Um so enttäuschter war er, als er sah, was das Kästchen enthielt.

Einige Fotografien und völlig vergilbte Zeitungsartikel, die jemand säuberlich ausgeschnitten und gesammelt hatte.

Das erste Bild, dem aus dem Jahre 1944 nicht unähnlich, wenngleich wesentlich älter, zeigte eine Art Familienporträt: Männer mit steifen, weißen Kragen, Frauen mit Spitzenhauben. Sie blickten ernst und feierlich in die Kamera, selbst die Kinder, die Calvin an Porzellanpuppen erinnerten. Ihnen allen war eine gewisse Ähnlichkeit der Gesichtszüge gemein, die – wenn er es genau betrachtete – mehr oder weniger denen seiner Mutter und seinen eigenen glichen.

Diese Aufnahme war vermutlich in Brynddumaen entstanden. Vielleicht sogar vor dem Stammsitz seiner Ahnen, denn verschwommen war im Hintergrund die Silhouette eines Hauses zu sehen, das zwei charakteristische Kamine an den Giebelseiten besaß.

Er legte das Foto zur Seite und las einen verblaßten Zeitungsfetzen. Er stammte aus dem Jahr 1936 und stand in keinem Bezug zu dem Foto. Darin war die Rede vom abscheulichen Treiben eines Fleischers aus Swansea, zu dessen Kundschaft einflußreiche walisische Familien gehört hatten. Der Mann stand im Verdacht, fremdländische Seemänner, deren Schiffe im Hafen vor Anker lagen, in Komplizenschaft mit seiner Tochter in sein Haus gelockt und dort regelrecht abgeschlachtet zu haben. Mangels Beweisen war er trotz mehrfacher Zeugenaussagen freigesprochen worden.

Ein weiterer Artikel befaßte sich mit dem Brand des Athed-Hauses, der nach Meinung der Behörden von unvorsichtigem Umgang mit Feuer ausgegangen war. Ein Kurzschluß schied als Ursache aus, da das Haus nicht ans Elektrizitätsnetz angeschlossen gewesen war. Drei Leichen hatte man geborgen, und auch von dem Kleinkind, das gerettet und in die Obhut einer Familie aus Holywell gegeben wurde, war in dem Bericht die Rede. Seltsamerweise war niemandem aufgefallen, daß die fünfte Bewohnerin des Hauses weder unter den Toten noch unter den Überlebenden gewesen war.

Was konnte einen so abgrundtiefen Haß der Leute aus Brynddumaen auf die Atheds gelenkt haben, außer der Tatsache, daß sie ein Leben in Abgeschiedenheit gewählt hatten?

Aufschluß darüber gab womöglich ein Artikel aus dem Jahr 1939, in dem es um die älteste Familie in Wales ging. Professor John Dean vom University of Wales College in Cardiff stellte darin fest, daß es sich dabei vermutlich um eine Familie aus Brynddumaen handelte, deren Stammbaum sich bis in die früheste walisische Geschichte zurückverfolgen ließ. Deans in Auszügen wiedergegebener Bericht las sich für den eines Wissenschaftlers eigenartig unsachlich, mehr wie die Nacherzählung einer Sage als eine wissenschaftliche Darstellung. Als er Formulierungen wie „diese Familie lebte bereits an diesem Ort, als es Brynddumaen noch nicht gab“ oder „… wird ihr nachgesagt, sie habe heidnische Traditionen bewahrt…“ las, stutzte er.

Was sollte er davon halten? Wer war vor den Walisern dagewesen? Bezog sich der Artikel wirklich auf seine Familie?

Calvin legte den Zeitungsausschnitt zur Seite und öffnete einen unbeschrifteten Briefumschlag, der eine Reihe von Fotografien enthielt. Sie waren hoffnungslos unterbelichtet, wie Unterwasseraufnahmen in einem schlammigen Tümpel. Calvin überlegte, was damit geschehen sein könnte, und ob darauf überhaupt jemals etwas zu sehen gewesen war. Je länger sein Blick auf den sechs vor ihm aufgereihten Bildern ruhte, desto mehr glaubte er darauf zu erkennen. Sie waren wie ein psychologischer Wahrnehmungstest. Tatsächlich mußte der Fotograf mit sehr wenig Licht gearbeitet haben, denn die Motive waren verwischt und schemenhaft, wie der Versuch, einen Geist in einem dunklen Raum zu fotografieren. Calvin betrachtete sie von nahem und aus der Ferne. Er glich die Unschärfe in seiner Vorstellungskraft aus und war sich plötzlich sicher, Abbildungen eines Rituals vor sich zu sehen – einen Tisch, auf dem schwarze Kerzen brannten und ein Mahl angerichtet war. Auf einem Bild erahnte er das blasse Oval eines Gesichts mit großen dunklen Augen und lange, zartgliedrige Hände, die... ja,... die einen Kelch umfaßten. Er konzentrierte sich, doch es verschwamm vor seinen Augen.

Calvin mußte aus dem Fenster blicken, um seine Augen zu entspannen. Wie lange hatte er die Bilder angestarrt? Es war dunkel geworden. Die Drohung eines Gewitters lag in der Luft. Vor dem Fenster hasteten Menschen vorbei. Wie viele von ihnen hatten eine Ahnung von den Dingen, die um sie herum geschahen? Wie viele wußten um die Existenz jener schattenhaften Parallelgesellschaft, die – eigenen Gesetzen folgend – in ihrer Mitte bestand?

Und wieviel wußte er selber, der er erst so kurze Zeit Mitglied dieser Gesellschaft war?

Er schob die Fotografien zusammen und steckte sie in den Briefumschlag zurück, griff nach dem nächsten Dokument und erschauderte. Es handelte sich um die Hälfte einer Seite, die aus einem Buch herausgerissen worden war. Das pergamentartige Papier erweckte den Eindruck hohen Alters, und Calvin fühlte eine Gänsehaut, als er feststellte, daß er diese Art von Papier und auch die Schrift kannte.

Es war die unverwechselbare Signatur der Schattenchronik!

Der Text war ähnlich orakelhaft und unverständlich wie

alles, was das Buch bisher offenbart hatte. Calvin murmelte ihn leise, als würde sich auf diese Weise sein Sinn erschließen: „Auf dem Hügel vom Schwarzen Stein das Haus Tod. In den Flammen die Liebenden, denen Wissen zuteil wurde. Der Kelch des Blutes, das Fleisch, das zu Asche wird, aus der ein neues Zeitalter ersteht."

Auf der Rückseite war ein genealogisches Diagramm abgebildet, in dem die Namen jedoch in einer ihm unbekannten, archaischen Schrift wiedergegeben waren.

Wie konnte dieses Blatt in den Besitz seiner Familie gelangt sein?

Mit zitternden Händen legte er es zu den anderen, bereits begutachteten Dokumenten. In der Schachtel war nur noch ein letzter Zeitungsausschnitt.

Er behandelte das rätselhafte Verschwinden etlicher Personen in der Umgebung Brynddumaens über einen Zeitraum von rund dreißig Jahren. Es waren niemals Opfer gefunden worden. Von den Tätern fehlte jede Spur. Die Verbrechensserie, die die Behörden hinter dem Verschwinden vermuteten, war abrupt im Jahre 1944 abgebrochen. Die Ermittlungen hatte man daraufhin mangels Beweisen eingestellt.

Calvin fühlte sich, als stünde er am Rande eines bodenlosen Abgrunds. Ein Schritt nur, und er würde in die Ewigkeit fallen. Und er begriff, warum sich der Geist seiner Mutter in den Wahnsinn flüchtete. Er mußte nur Eins und Eins zusammenzählen, um die Wahrheit zu erkennen. Nun wußte der Vampir, was er und sein Ursprung waren. Und es gefiel ihm nicht sonderlich. Er sagte sich, daß sein Vater zumindest einen Teil dieses Wissens ebenfalls besessen haben mußte, als er Ruth Athed gefragt hatte, ob sie seine Frau werden wollte. Es lag auf der Hand, daß das dunkle Geheimnis der Atheds auch das Rätsel um den Schattenkelch einschloß.

Calvin verschnürte das Päckchen sorgfältig. Er glaubte ersticken zu müssen und riß das Fenster auf. Die Luft war wie elektrisch aufgeladen. Sie brachte keine Erleichterung. So schloß er das Fenster wieder und verließ das Zimmer. Aufgewühlt versuchte er, von der Rezeption aus Dilara zu erreichen, doch sie ging nicht ans Telefon. Dafür konnte es tausend Gründe geben. Er wußte, daß sie auf sich selber aufpassen konnte. Und doch sagte ihm die telepathische Verbindung, die zwischen ihnen bestand, seit er von ihr den Kuß der Verdammnis erhalten hatte, daß sie in Gefahr war. Etwas stimmte nicht. Das spürte er deutlich.

Rastlos durchquerte er sein Zimmer. Er mußte nach London zurück. Noch in dieser Nacht. *Sofort!*

Er streifte den Troyer über, raffte das wenige zusammen, das ihm nach der Flucht aus Brynddumaen geblieben war, verstaute das Zigarrenkästchen und verließ das Hotel.

Durch die von Schaufensterreklamen bunt beleuchteten Straßen lief er zum Bahnhof, bestieg den nächsten Zug nach Liverpool und fuhr von dort weiter nach London.

Calvin nahm von seinen Mitreisenden, die ihn interessiert musterten, keine Notiz, seine Gedanken waren bei Dilara. Vom Bahnhof Liverpool aus hatte er noch einmal telefoniert, doch es kam wieder nur das Freizeichen. Daraufhin wuchs seine Sorge noch mehr. Was konnte sie davon abhalten, sich auf ihn zu konzentrieren?

Vor dem Abteil flogen die Lichtermeere unbekannter Städte vorüber. Calvin bemerkte weder, wenn der Zug anhielt, noch, daß er wieder anfuhr. Er verfluchte, daß die Fahrt so lange dauerte, und wünschte, er hätte eine schnellere Fortbewegungsart gewählt. Doch die hätte zu viel Energie gekostet. Er war überzeugt, daß er seine Kraftreserven schonen mußte für das, was ihn in London erwartete. Als der Zug mitten auf dem

Land wegen eines Maschinenschadens eine halbe Stunde stehenblieb, wurde er beinahe verrückt vor Ungeduld.

Endlich erreichten sie Londons Euston Station. Calvin war als erster an der Tür, stieß sie auf, noch während der Zug rollte, und sprang auf den Bahnsteig. Er lief hinaus ins Dunkel der Nacht und verwandelte sich.

London, August 2006, Park Lane

Minuten später erreichte er den Hyde Park und Dilaras Haus, das wie ausgestorben wirkte. Hinter den Fenstern brannte kein Licht, nichts rührte sich. Calvins Ahnung wurde zur Gewißheit. Wie eine eiserne Faust legte sich die Angst um seinen Hals und preßte ihn zusammen, so daß er kaum noch Luft bekam.

Hektisch und voller Sorge schloß er die Tür auf, eilte erst in die Halle, dann in das Kaminzimmer… schaltete das Licht an und sah…

... Mick Bondye!

Der Voodoovampir saß mit übereinandergeschlagenen Beinen und verschränkten Armen auf der Couch, als warte er auf Calvin, und sprang sofort auf, als er den langhaarigen Vampir erblickte. „Es wurde höchste Zeit, daß du kommst!“ stieß er hervor.

Calvin verspürte wenig Lust auf Konversation. „Wo ist Dilara?“ schrie er und wollte in das nächste Zimmer eilen, um das Haus Raum für Raum nach seiner Gefährtin abzusuchen. Dabei spürte er deutlich, daß sie nicht hier war. Daß man sie ihm entrissen hatte.

Erst jetzt sah Calvin, daß der junge Cop einen zusammengefalteten Brief in den Händen hielt, deutete stumm darauf und nahm ihn entgegen, als Mick ihm die Botschaft reichte.

„Um Euch Eure Ohnmacht zu beweisen, habe ich aus Eurer Mitte diejenige entführt, die Ihr Dilara Demimondes nennt. Ich bin bestens über den Bund der Fünf informiert und weiß, daß Ihr ohne sie so gut wie kopflos seid. Solange Ihr das tut, was ich von Euch verlange, wird ihr nichts geschehen. Ich werde Euch meine Bedingungen in Kürze zukommen lassen. Bis dahin denkt *immer* daran, wie weit der Arm des Drachen reicht!" las Calvin und starrte fassungslos auf das Stück Papier in seiner Hand. Sein Herz setzte ein oder zwei Schläge lang aus, und der junge Vampir taumelte einige Schritte, mußte sich an Mick festhalten. „Dilara!" flüsterte er bestürzt. „Sie ist fort, nicht wahr?"

In Micks bronzefarbenen Augen las er die Antwort.

Mick bestätigte Calvins schlimmste Befürchtungen. Mit knappen, präzisen Worten, gerade so, als erstatte er seinem Vorgesetzten Bericht, schilderte er, was sich seit Calvins Fortgang in London ereignet hatte. Als er auf seine Begegnung mit den Schergen des Ordens des Drachen zu sprechen kam, spürte Calvin einen Kloß in seinem Hals. Seine Vorahnungen bewahrheiteten sich damit – doch er hatte sie vollkommen falsch gedeutet.

„Dilara ist entführt worden. Und ich habe es nicht verhindern können", schloß Mick. „Ich bin wie ein dummer Schuljunge in eine Falle getappt und habe mein Versprechen dir gegenüber gebrochen."

„Wir haben es hier mit keinem gewöhnlichen Gegner zu tun, Mick. Dich trifft keine Schuld. *Seine* Handlungen sind bestens durchdacht, und er scheint uns immer mehrere Züge voraus zu sein.“ Er zögerte, als scheue er sich, seine Gedanken laut auszusprechen. „Wie bei einem Schachspiel.“

Mick war nicht sehr erstaunt. Im Gegenteil, er ging auf die Vermutungen ein, auch, weil er erleichtert war, daß sich der langhaarige Vampir wieder weitestgehend gefangen hatte. „Dann sollte unser nächster Zug einer sein, der ihn überrascht und sein Konzept durcheinanderbringt.“ Er zog eine Grimasse. „Das einzige Problem ist, wir wissen nicht, mit wem genau wir es zu tun haben!“

Calvin nickte zustimmend. „Das ist in der Tat eine zusätzliche Schwierigkeit, denn sonst könnten wir zum Schein auf sein Spiel eingehen und einen günstigen Moment nutzen, um das Zepter in die Hand zu bekommen.“ Ein schmerzlicher Zug trat auf seine Gesichtszüge: „Und Dilara befreien!“

Angestrengt dachte der Voodoovampir nach und zog die linke Augenbraue hoch. „Es gibt nur einen, der sie finden kann, Calvin. Und derjenige bist *du*. Dilara hat immer wieder von dem starken emotionalen Band gesprochen, das euch beide vereint.“

„Das stimmt, und durch den Schattenkelch scheint es noch gefestigter zu sein... ich habe auch gespürt, daß sie in Gefahr schwebt. Das war der Grund, warum ich zurückgekommen bin.“ Er verbarg das Gesicht in seinen Händen. „Ich hätte sie nicht alleine lassen dürfen!“

„Wir werden einen Weg – und vor allem Dilara – finden, indem wir den Bedingungen unseres Gegners folgen. Erst mal! Ich habe das Gefühl, dieser *Drache* ahnt nichts von der besonderen Verbindung zwischen Dilara und dir. Wir müssen mit Guardian reden! Mit ihm und Luna! Sie müssen erfahren, daß du wieder in London bist. Wir müssen nun zusammen vorgehen. Vor allem aber gilt es zu erfahren, ob die Macht des Schattenkelches noch ungebrochen ist und durch uns wirkt, nun, da wir nicht wissen, was Dilara zugestoßen ist."

„Mal bloß nicht den Teufel an die Wand!" Calvin fühlte sich wie ein Ertrinkender, dem der Boden unter den Füßen weggezogen wurde. „Habt ihr den Brief gründlich untersucht?" fragte er plötzlich – einer inneren Eingebung folgend. „Vielleicht gibt es darin einen versteckten Hinweis!"

„Was denn? Ein Wasserzeichen? Einen Code? Calvin, wir haben den Brief ungefähr zehntausendmal gelesen, ohne daß er uns etwas Neues offenbart hätte. Das einzig Auffällige war halt das Drachensiegel anstelle der Unterschrift, das auf die Verbindung zu dem Drachen hindeutet, von dem auch in der Schattenchronik die Rede ist, und dem ominösen Drachenorden, der ja wohl so etwas wie das ausführende Organ hier in London ist." In Micks Stimme schwang nur mühsam unterdrückter Groll. „Denen werde ich auf die Sprünge helfen!"

„Ein Drachensiegel anstelle der Unterschrift, sagst du?" Calvins Stimme erhielt einen schrillen Klang. Er entfaltete das Papier erneut und hielt es mit zitternden Händen vor sich. Ihm wurde übel, als er sich ausmalte, was der unbekannte Gegner Dilara antun könnte. Er fragte sich, wie es ihm überhaupt gelungen war, sie zu überwältigen. Sie, die doch unter dem Schutz des Schattenkelches stand.

Hektisch strich er das Papier glatt, das er in seiner Aufregung zerknittert hatte, beäugte es und stutzte.

„Du hast eben von einem Drachensiegel gesprochen, Mick. Auf diesem Brief sehe ich keines." Er drehte das Blatt aufgeregt in den Händen. „Statt dessen…" Er wurde fast hysterisch, als er Mick das Schreiben entgegenstreckte, der es mit einem Stirnrunzeln in Empfang nahm.

„Sieh doch, Mick... sieh! Das kann doch alles nicht wahr sein!“

Mick nahm das Papier entgegen und starrte auf die Stelle, auf die Calvins rechter Zeigefinger noch vor einer Sekunde getippt hatte.

Das Drachensiegel war verschwunden!

An seiner Stelle standen nun zwei Wörter. Die geschwungenen Buchstaben glichen denen des Brieftextes, und es war augenscheinlich, daß es sich um eine Unterschrift handelte.

Ihr unsichtbarer Gegner hatte sich endlich zu erkennen gegeben.

Die Schlacht begann.

Aber die dunkle Gefahr, der Drache, trug endlich einen Namen… Lee Khan.

WOLFGANG HOHLBEIN

wurde 1953 in Weimar geboren und ist der meistgelesene und erfolgreichste deutschsprachige Fantasy-Autor mit einer Gesamtauflage von weit über 20 Millionen Büchern.
Der Durchbruch gelang ihm 1982 mit „Märchenmond", das seinen Siegeszug in zahlreichen Ausgaben von den USA bis in den Fernen Osten bis heute ungebrochen fortsetzt. Seine mittlerweile über einhundert Bestseller decken die ganze Palette der Unterhaltungsliteratur ab – von Kinder- und Jugendbüchern über Romane und Drehbücher zu Filmen, von Fantasy über Science Fiction bis hin zum Horror.
Der passionierte Motorradfahrer und Zinnfigurensammler lebt zusammen mit seiner Frau und Co-Autorin Heike, seinen Kindern und zahlreichen Hunden und Katzen am Niederrhein.

Weitere Informationen unter:
www.hohlbein.de
www.hohlbein.net

ALISHA BIONDA

Autorin, Herausgeberin, Redakteurin, Lektorin, Journalistin, Rezensentin

Alisha Bionda wurde in Düsseldorf geboren, lebt seit einigen Jahren auf Mallorca, beendet ihren Tagesablauf dort mit ihrer afghanischen Windhündin Jamila nachts am Meer.
Besonders die kleinen, einsamen Buchten und die Ruhe des Gebirges – in der Nähe des Künstlerortes Deia – haben es ihr angetan. Dort findet sie die Muße und Stille, die sie benötigt, weil einer ihrer Grundwesenszüge die zeitweilige Abgrenzung ist. Die beiden Seiten ihres Naturells – energiegeladenes Temperament und sanfte Schwermut – stehen nach turbulenten Jahren im Einklang. Seit frühester Kindheit haben es ihr die Literatur und Musik angetan. Aber auch die bildenden Künste. Dabei tendiert ihre Gewichtung eher zu den düsteren Themen und Rhythmen. Melancholie ist ein Eckpfeiler ihres Charakters, wenngleich sie auch heitere Nuancen in sich trägt. Ihr Globetrotterblut führte sie durch die Welt und ließ sie phasenweise etwas „ruhelos“ wirken. Doch heute hat sie ihre *innere Mitte* gefunden und lebt nach dem Prinzip der kleinen Schritte.
Ein Priester, dem sie auf ihren Streifzügen über die Insel begegnete, nannte sie *Das Kind mit den suchenden Augen*. Das ist sie im Herzen geblieben, bis ihr vor wenigen Jahren das Glück zuteil wurde, ihr menschliches Pendant zu finden. Seither fühlt sie sich reich und vervollkommnet und hofft, mit diesem für sie besonderen Menschen die Insel und das Leben gemeinsam genießen zu können.
Zeitgleich mit diesem Schattenchronik-Titel erscheinen unter ihrer Herausgabe im BLITZ-Verlag:
In „Edgar Allan Poes Phantastische Bibliothek“: „Der Dünne Mann – Und andere düstere Novellen“, ISBN 3-89840-928-7, September 2006. Eine Novellensammlung mit namhaften AutorInnen des phantastischen Genres und *der Titelstory von Wolfgang Hohlbein.*
In „Sherlock Holmes Phantastische Bibliothek“: „Das Geheimnis des Geigers“, ISBN 3-89840-214-2, Oktober 2006.
Beide Anthologien sind exklusiv illustriert.

JÖRG KLEUDGEN

Die Texte des 1968 in Zülpich am Rande der Eifel geborenen Autors zeichnen sich durch eine magische Sichtweise der Welt aus. Dämonisch wirkende Städte und rauhe Landschaften, in denen sich die Protagonisten den Gewalten der Natur ausgesetzt sehen, sind die bevorzugten Szenarien, in denen er Geschichten voller Symbolkraft und dunkler Poesie ansiedelt.

Erster Höhepunkt seines schriftstellerischen Schaffens ist die 1999 erstmals veröffentlichte, 2005 im BLITZ-Verlag neu aufgelegte Kurzgeschichtensammlung „Cosmogenesis" (zum gleichnamigen Album der von ihm 1990 gegründeten Gothic-Rockband THE HOUSE OF USHER), über die die Kritik urteilte: „Mit der deutschen Phantastik der Gegenwart ist es ein Kreuz. Ihre Verfasser und Befürworter werden vermutlich empört protestieren, doch das Genre wird dominiert von nur halb ausgebrütetem, plump abgekupfertem, amateurhaft geschriebenem Schmalspurhorror. Die Ausnahmen sind rar; mit „Cosmogenesis" halten wir eine in den Händen."

Durch diese Sammlung auf den Autor aufmerksam geworden, lud Alisha Bionda ihn zur Mitarbeit an der Serie „Wolfgang Hohlbeins Schattenchronik" ein. Nach „Blutopfer" und „Der Schattenkelch" ist „Zorn des Drachen" ihr dritter gemeinsamer Band.

Website: **www.the-house-of-usher.de**

MICK BONDYE
DER VOODOOVAMPIR-COP

Die Nacht verbrachte Cassandra hellwach auf ihrem bequemen, wenn auch etwas antiquierten Cordsofa. Der Weg ins Schlafzimmer würde vergeblich sein, das wußte sie. So ersparte sie sich den Versuch, quälende Stunden auf dem Seidenlaken zu verbringen, um sich in unregelmäßigen Abständen von einer Seite auf die andere zu werfen. Letztendlich würde sie doch keinen Schlaf finden.
Die Beamtin von Scotland Yard hatte sich ein großes Glas Sherry eingegossen und drehte es seit geraumer Zeit in ihren Händen. Sie beobachtete konzentriert die goldgelbe Flüssigkeit, als könnte sie aus den glitzernden Umstrukturierungen des alkoholischen Getränks eine Botschaft erkennen, die eine Antwort auf all ihre Fragen gab.
„Mick!" Cassandra erschrak für einen kurzen Moment über ihre eigene Stimme, als sie den Namen ihres Partners laut aussprach. Sie stellte das Glas mit einer unachtsamen Bewegung auf dem dunklen Wohnzimmertisch ab. Kein Tropfen des teuren Sherrys hatte ihre Lippen berührt, und jetzt lief die übergeschwappte, wohlriechende Flüssigkeit zäh über das empfindliche Naturholz.
„Mick!" Cassandra ließ dem abermals gequälten Ausruf einen langen Seufzer folgen. Das grausige Erlebnis vor wenigen Stunden im Richmond Park hatte sich wie ein wucherndes Virus in ihr Gehirn gebrannt.

Mehr von Mick Bondye und seiner ehemaligen Partnerin in unserer Dark Fiction-Serie TITAN.
Was hat den Voodoovampir-Cop dazu bewogen Cassandra nach exakt 103 Jahren in seine Ebene zurückzuholen?